LITERATURE
AND
ART
STUDIES
SERIES

文艺研究小丛书
（第二辑）

当下中国
文学状况

孟繁华 ◎ 著
李松睿 ◎ 编

文化艺术出版社
Culture and Art Publishing House

图书在版编目（CIP）数据

当下中国文学状况 / 孟繁华著；李松睿编. —北京：文化艺术出版社，2022.10
（文艺研究小丛书 / 张颖主编. 第二辑）
ISBN 978-7-5039-7298-0

Ⅰ.①当… Ⅱ.①孟… ②李… Ⅲ.①小说研究—中国—当代—文集 Ⅳ.①I207.42-53

中国版本图书馆CIP数据核字（2022）第167835号

当下中国文学状况

（《文艺研究小丛书》第二辑）

主　　编	张　颖
著　　者	孟繁华
编　　者	李松睿
丛书统筹	李　特
责任编辑	丰雪飞
责任校对	董　斌
书籍设计	李　响　姚雪媛
出版发行	文化藝術出版社
地　　址	北京市东城区东四八条52号（100700）
网　　址	www.caaph.com
电子邮箱	s@caaph.com
电　　话	（010）84057666（总编室）　84057667（办公室） 　　　　84057696—84057699（发行部）
传　　真	（010）84057660（总编室）　84057670（办公室） 　　　　84057690（发行部）
经　　销	新华书店
印　　刷	国英印务有限公司
版　　次	2022年12月第1版
印　　次	2022年12月第1次印刷
开　　本	787毫米×1092毫米　1/32
印　　张	3.5
字　　数	60千字
书　　号	ISBN 978-7-5039-7298-0
定　　价	42.00元

版权所有，侵权必究。如有印装错误，随时调换。

总 序

张 颖

2019年11月,《文艺研究》隆重庆祝创刊四十年,群贤毕集,于斯为盛。金宁主编以"温故开新"为题,为应时编纂的六卷本文选作序,饱含深情地道出了《文艺研究》的何所来与何处去。文中有言:"历史是一条长长的水脉,每一期杂志都可以是定期的取样。"此话道出学术期刊的角色,也道出此中从业者的重大使命。

《文艺研究》审稿之严、编校之精,业界素有口碑。这本质上源于编辑者的职业意识自觉。我们的编辑出身于各学科，受过严格的学术训练，在工作中既立足学科标准，又超越单学科畛域，怀抱人文视野与时代精神。读书写作，可以是书斋里的私人爱好与自我表达；编辑出版，是作者与读者、写作与出版的中间环节，无时不在公共领域行事，负有不可推卸的公共智识传播之责。学术期刊始终围绕"什么是好文章"这一总命题作答，更是肩负着学术史重任，不可不严阵以待。本着这一意识做学术期刊，编辑需要端起一张冷面孔，同时保持一副热心肠，从严审稿，从细编校。面对纷繁的学术生态场，坚持正确的政治导向，保持冷静客观的判断；面对文字、文献、史实、逻辑，怀着高于作者本人的热忱，反反复复查证、商榷、推敲、打磨。

我们设有相应制度，以保障编辑履行上述学术史义务。除了三审加外审的审稿制度、五校加互校的校对制度，每月两度的发稿会与编后会鼓励阐发与争鸣，研讨气氛严肃而热烈。2020年5月，在中国艺术研究院各级领导大力支持下，杂志社成立艺术哲学与艺术史研究中心。该中心秉持"艺术即人文"的大艺术观，旨在进一步调动我刊编辑的学术主体性与能动性，同时积极吸收优质学术资源和研究力量，推动艺术学科体系建设。

基于上述因缘，2021年初，经文化艺术出版社社长杨斌先生提议，由杂志社牵头，成立"文艺研究小丛书"编委会。本丛书是一项长期计划，宗旨为"推举新经典"。在形式上，择取近年在我刊发文达到一定密度的作者成果，编纂成单作者单行本重新推出。在思想上，通过编者的精心构撰，使之整体化为一套有机勾连的新体系。

编委会议定编纂事宜如下。每册结构为总序＋编者导言＋作者序＋正文。编者导言由该册编者撰写，用以导读正文。作者序由该册作者专为此次出版撰写，不作为必备项。正文内容的遴选遵循三条标准：同一作者在近十年发表于《文艺研究》的文章；文章兼备前沿性与经典性；原则上只选编单独署名论文，不收录合著文章。

每册正文以当时正式刊发稿为底稿。在本次编撰过程中，依如下原则修订：1. 除删去原有摘要或内容提要、关键词、作者单位、责任编辑等信息外，原则上维持原刊原貌；2. 尊重作者当下提出的修改要求，进行文字或图片的必要修订或增补；3. 文内有误或与今日出版规范相冲突者，做细节改动；4. 基本维持原刊体例，原刊体例与本刊当前体例不符者，依当前体例改；5. 为方便小开本版式阅读，原尾注形式统改为当页脚注。

编研相济，是《文艺研究》的优良传统。低调谨细，是《文艺研究》的行事作风。丛书之小，在于每册体量，不在于高远立意。如果说"四十年文选"致力于以文章连缀学术史标本，可称"温故"，那么，本丛书则面对动态生成中的鲜活学术史，汇聚热度，拓展前沿，重在"开新"。因此，眼下这套小丛书，是我们在"定期取样"之外，以崭新形式交付给学术史的报告，唯愿它能够为读者提供一定帮助或参照。

编者导言

李松睿

在中国当代文学界,孟繁华是一个尽人皆知的名字。作为一位优秀的学者,他的《众神狂欢——当代中国的文化冲突问题》(今日中国出版社1997年版)、《中国20世纪文艺学学术史》(第三部,上海文艺出版社2001年版)、《1978:激情岁月》(山东教育出版社2002年版)、《传媒与文化领导权——当代中国的文化生产与文化认同》(山东教育出版社2003年版)等著作,以及与程光炜联合主编的教材《中国当代文学发展史》(人民文学出版社2004年版），已经成为中国当代文学、文艺学以及文化研究领域的标志性成果。而他更为人所知的身份，则是著名的文学批评家。各类文学期刊上，总能看到他写的那些长长短短的评论文章。几乎所有重要的当代文学会议，代表性的作家、作品研讨会，以及重要文学奖项的评奖活动中，都能看到孟繁华充满激情侃侃而谈的身影。他的学术观点、文章在中国当代文学界产生了持久的影响，他甚至被青年学者们亲切地唤作"孟叔"，而他的种种逸事趣闻，更是在作家、批评家之间隐秘地流传，比如"孟叔"和他那著名的"酒协"。

不过，在笔者看来，孟繁华最令人钦佩的是以下两点。

首先，是他始终对中国当代文学保持着由衷的热爱。在"文学丧失了轰动效应"的时代，文学已经不是社会关注的中心话题，也不再能回应人们在日常生活中普遍关切的问题，文学尤其是纯文学的读者数量急剧减少。然而，每年发表、出版的新作品却与日俱增，这就使很多纯文学作品面临无人问津的窘境。只要翻看专业的文学研究刊物，就会发现哪怕是专业的文学研究者，也更愿意用各种高深的批评理论反复"重读"经典名作，却很少愿意花费时间和精力分析最新发表的作品。甚至有些评论家如果不是为了出席新作研讨会，就根本不会去主动阅读新作品。当然，每位研究者都有选择自己的研究对象的权利，别人根本无权置喙，不过文学研究者对当下最新的文学作品和文学现象毫无兴趣，多少是一件让人感到遗憾的事。

孟繁华却始终以巨大的热情，密切关注中国当代文学的发展动态，持续阅读不断涌现出来的新人、新作，并及时予以评论。尤为难能可贵的是，孟繁华对当下文学创作的分析，并不仅仅常规性地讨论作品的主题、情节、人物以及艺术特色等，而是把新人新作放置在漫长的文学史脉络中，考察这些作品在何种程度上改写了此前的文学书写惯例，如何呼应了时代和社会生活的变化。在这个意义上，孟繁华的文学批评甚至可以称得上是中国当代文学发展史上的路标，按照年代顺序阅读他的那些批评文章，读者能够直观地触摸到当代文学演进过程中的每次脉动和转折。

其次，孟繁华不仅热爱中国当代文学，更对文学的崇高价值、文学之于社会的功用抱有极高的期待。在虚无主义盛行的后现代社会，这种对文学的热情，充满理想主义色彩的价值追求，让人尤为感佩。例如，在《乡土文学传统的当代变迁——"农村题材"转向"新乡土文学"之后》一文中，孟繁华赞扬"新乡土文学"对"国民性的揭示与剖析，使我们有机会在文学中重新了解和认识国民性,以及改造国民性道路之漫长",相关作品对"国民性的揭示使它们与现实建立了真实的关系即真实地反映了生活"后,马上进一步追问:"这对于文学来说是不是就够了?这些在现代启蒙主义文学中反复陈述的民族性格,是否还需要不断地重复?是否还需要继续强化民族性格记忆并无限夸张和延续?"[1]也就是说,文学作品如果仅仅是如实地反映了现实生活,那还远远无法达到孟繁华心目中的最高等级文学的标准,因此,他直率地表示:"我对当下中国最有声色的文学仍怀有不满。"[2]在这位批评家看来,当代文学在反映生活的同时,还应该为当代中国人塑造更崇高、更理想的价值准则,引领人们去创造更加美好的生活。这也就是孟繁华所说的,"启蒙主义文学更需要发展和超越,当下文学更需要提供高于现实的高贵的诗意、真诚的大爱、诚恳的关怀、怦然心动的感动或会心一笑的理解"[3]。虽然文学能否胜任如此伟大的工

---

1 孟繁华:《乡土文学传统的当代变迁——"农村题材"转向"新乡土文学"之后》,《文艺研究》2009年第10期。
2 孟繁华:《乡土文学传统的当代变迁——"农村题材"转向"新乡土文学"之后》,《文艺研究》2009年第10期。
3 孟繁华:《乡土文学传统的当代变迁——"农村题材"转向"新乡土文学"之后》,《文艺研究》2009年第10期。

作,在今天是具有争议的,但面对这种对文学的理想主义情怀,人们还是会不由自主地心生敬意。

本书收录的三篇孟繁华讨论中国当代文学的论文,《建构时期的中国城市文学——当下中国文学状况的一个方面》《中国当代文学经典化的国际化语境——以莫言为例》以及《乡土文学传统的当代变迁——"农村题材"转向"新乡土文学"之后》,就鲜明地体现了上述两个特点。在第一篇论文《建构时期的中国城市文学——当下中国文学状况的一个方面》中,孟繁华敏锐地发现,自2010年以后,农村题材创作在中国当代文学中的比例开始大幅度下降,城市文学"已经成为这个时代文学创作的主流"[1]。关于这一点,最明显的例证,就是"古井贡杯"全国优秀中篇小说奖和"茅台杯"《小说选刊》年度大奖等评奖活动中,有很多年份获奖作品中居然没有一部农村题材作品。这对于长期以广袤、质朴的乡村社会为主要表现对象的中国当代文学来说,无疑是一个发生重大转变的风向标。在肯定城市文学近年来取得长足发展的同时,孟繁华本着对当代

---

[1] 孟繁华:《建构时期的中国城市文学——当下中国文学状况的一个方面》,《文艺研究》2014年第2期。

文学的热爱和责任心,在这篇论文中从三个方面,指出了中国当代城市文学存在的问题。第一,是当代城市文学没能创造出具有典型性的人物。如果说中国当代文学中的农村书写,为读者塑造了诸如梁生宝、萧长春、高大泉这样的性格鲜明、具有极强典型性的人物形象,那么反过来回想城市文学,似乎除了特定的情节、情绪外,很少有人物能够给读者留下深刻的印象。在以鲁敏《惹尘埃》为例证进行分析后,孟繁华认为造成当代城市文学人物形象薄弱的原因,是"作家更多关注的是城市的社会问题,而人物性格的塑造却有意无意地被忽略了"[1]。在这位批评家看,这多少算得上是一种缺陷。第二,是当代城市文学缺乏对充满青春气息的人物形象的塑造。孟繁华以方方的《涂自强的个人悲伤》为例,指出这部小说之所以能够有引起强烈反响,好评如潮,关键在于写出了当代中国青年的遭遇和命运,打动了无数读者。在孟繁华看来,这部作品的成功表明,从乡村走向城市的青年,"为文学提供了丰饶的土壤",而"中国伟大的文学作品,很可能产生在从乡村到城市的这条道

---

[1] 孟繁华:《建构时期的中国城市文学——当下中国文学状况的一个方面》,《文艺研究》2014年第2期。

路上"。[1]第三，是当代城市文学具有较强的非虚构性质或报告文学特征，缺乏突破现实表象的想象力和深刻性，无法为读者提供全新的想象空间。这三个问题就是孟繁华对中国当代城市文学的"把脉"，它们或许显得有些严厉，但当代文学批评其实从来不缺少掌声和赞赏，这样充满责任感的坦诚批评，或许能够为中国当代作家提供更多的启示。

第二篇论文《中国当代文学经典化的国际化语境——以莫言为例》，虽然表面上看是在讨论2012年莫言获得诺贝尔文学奖的问题，但细究行文的内在肌理，却是在思考影响中国当代文学经典化的不同动力以及它们彼此之间的博弈。正如T. S. 艾略特在《传统与个人才能》中所说的，文学经典犹如天空中的无数星斗，每个时代所筛选出的新的经典，都作为一颗颗新星升入夜空，并进而改变星与星之间的位置关系，组合成全新的星座，构造出一幅崭新的文学史星辰图。因此，文学经典似乎只是简单的作品优劣问题，但其背后实际上牵涉着不同时代人们对于民族、世界、自我以及文学的独特理解。在

---

[1] 孟繁华：《建构时期的中国城市文学——当下中国文学状况的一个方面》，《文艺研究》2014年第2期。

孟繁华看来，中国当代文学就随着时代的变迁，在不同力量的推动和博弈下，改变了对文学经典的理解和定义。在20世纪50至60年代，苏联文学几乎成了中国当代文学唯一的榜样和典范，成为作家争相学习和摹仿的对象，并在一定程度上形塑了人们对文学经典的理解。然而，80年代中期以后，在新的社会条件下，苏联文学的魅力似乎黯淡下去，西方现代主义文学，特别是拉丁美洲现代派文学成为中国当代作家信奉的新的"图腾"。显然，中国当代作家已经无法仅仅在中国文学内部判断何为经典，他们必须参照对世界、现代的想象，才能定义自己心目中的经典。在这个意义上，世界文学其实并没有处在中国当代文学的外部，前者其实早已深深地扎根在后者的核心之处。只是这一事实，在很长一段时间里没有被中国的文学研究者意识到。孟繁华指出，作为一个标志性事件，莫言2012年获得诺贝尔文学奖，将中国文学已经是世界文学组成部分这一事实，以一种极具戏剧化的方式凸显出来。莫言背后的西方文学翻译团队、国际汉学界的文学评价标准以及中国文学自身的成就和努力，各方势力带着不同的诉求、利益以及对文学的理解，经过一系列权衡、讨论乃至博弈，最终促成了莫言荣获诺贝尔文学奖。在这篇文章中，孟繁华围绕莫言获奖这一事件展开论述，纵向上将笔触延伸至"五四"时代人们对于经典的理解，横向上则把中国当代文学放置在世界文学舞台上予以考察，如抽丝剥茧般将莫言获奖背后的文学史、思想史脉络予以揭示，做出了令人信服的解释。

第三篇文章《乡土文学传统的当代变迁——"农村题材"转向"新乡土文学"之后》，则将近年来表现乡村生活的小说创作命名为"新乡土文学"，并将这类作品放置在"五四"时代的"乡土文学"、新中国成立后的"农村题材"创作的脉络上进行文学史定位。在孟繁华看来，"五四"时代的"乡土文学""既有田园牧歌的描述，更有对国民性的揭示、剖析和改造的诉求"，成功地塑造了阿Q、祥林嫂以及华老栓等典型的旧中国农民形象；而新中国的"乡土题材"创作则不再表现农民愚昧、麻木、混沌未开的性格，刻画出梁生宝、邓秀梅以及萧长春这类具有鲜明阶级意识和极高的社会主义觉悟的新型农民。新时期开启之后，作家逐渐意识到20世纪50至70年代的"农村题材"创作许诺给中国农民的美好未来并未兑现，"新乡土文学"开始接续"五四"时代的"乡土文学"传统，书写中国当下农村生活的面貌。孟繁华进一步指出，近年来的"新乡土文学"从"五四"新文学的启蒙主义立场出发，从三个方面剖析了中国农村存在的问题：首先是对权力的痴迷；其次是诉诸暴力解决问题的倾向；再次是对他人的痛苦所表现出来的冷漠无情。当然，正像上文所说的，对文学有着极高期待的孟繁华，还是对仅仅反映现实生活中存在的种种问题的"新乡土文学"感到不满，希望文学发挥出虚构与现象的伟力，为扭转乡村衰惫的命运做出自己的贡献。

阅读这三篇论文，我们会惊讶于孟繁华对当代文学作家、作品的熟稔，对文学具有崇高价值的真诚信仰。当然，更为难能可贵的，是他坦率提出批评性意见的巨大勇气，这在今天的中国当代文学批评界是不多见的。不过，这样的批评风格，对于坦荡、率真的孟繁华来说，其实是自然而然的，毫无刻意为之的痕迹。正像他经常挂在嘴边的那句口头禅："为什么不呢？"

作者序

孟繁华

《文艺研究》从创刊那天起,刊物密切联系中国文学艺术创作和理论实际,陆续发表了许多高质量的文学艺术理论批评文章。从"拨乱反正"开始,逐渐过渡到构建中国文学理论学术话语,其学术水准一直为学界所称道。四十多年来,《文艺研究》坚持其"该刊始终坚持以马克思主义文艺思想为指导,贯彻百花齐放、百家争鸣方针,以推动中国文艺理论建设和文艺创作的繁荣"的宗旨,逐渐将刊物打造成当代中国文学艺术理论研究与批评的重镇，说它是这一领域最重要的理论学术刊物也当之无愧。作为中国学界积极、正大和守正创新的学术刊物，它见证并参与推动了中国文艺理论的发展，团结了国内该领域重要的学者。可以说，几乎所有的学者都以自己在《文艺研究》上发表文章引以为荣。在我看来，更重要的是，通过《文艺研究》，我们可以清楚看到一本杂志与一个时代的学术关系。

1979年，我还是一个大二学生。从那时起我就是《文艺研究》忠实的读者，它是我从事文学批评的启蒙刊物之一。它发表的许多文章，讨论的许多重要问题，为我后来从事文学研究和文学批评奠定了重要的基础，甚至在文章具体的写作方面也让我受益匪浅。我清楚地记得刊物曾经讨论过的问题。比如关于"形象思维"的讨论，文艺与政治的讨论，特别是20世纪80年代关于人道主义的讨论，对我理解那个时代的文学艺术和最初的思想理论武装，起到了关键性的作用。这些文章在改革开放的文学艺术历史上留下了应有的地位。后来冯牧先生在《文艺研究》创刊十周年的时候说，《文艺研究》"始终坚持了在创刊伊始时为自己所确立的方针。它从不曾给人一种在激荡的社会思潮中惶惑不定和随波逐流的感觉。它所展开的许多关于艺术理论和创作规律的讨论和争鸣，多是在一种正常的学术氛围中进行的。这些讨论，或则众议纷纭，或则热烈和谐，却大都具有我们所希望的那种平等待人、尊重真理的科学的实事求是的精神。有相当数量的包括了多种艺术门类的文章，是具有经得起时间检验的学术价值的；有些文章，由于历史条件的影响而带有难于避免的思想认识上的局限性，却仍然具有可以使人获得启发和教益的史料价值。那种只有短暂生命的带有明显'运动'色彩的文字，在《文艺研究》上刊登得并不多，这一点也是使人感到欣幸的"[1]。现在，四十多年已经过去，我想，冯牧先生的这一评价，仍然适用于今天的《文艺研究》。

作为大型文艺理论刊物，《文艺研究》一直以相对稳健和严谨的姿态面对当下中国的文学艺术问题。20世纪80年代的"观念搏斗"过去之后，从90年代初到21世纪初，《文艺研究》曾经围绕着"意识形态与文艺""当代审美文化论""后现代主义文化研究""'现代性'研究""美学、文艺学、艺术学学科建设""艺术与市场经济""美学研究"等问题，进行了

1　冯牧：《一个理论刊物应有的品格》，《文艺研究》1989年第4期。

专门的讨论。这些讨论在深入、具体地介绍西方文艺理论的同时，也逐渐将学者的视野引向了更为广阔、博大的学术领域。当代学术从90年代开始发生了转型。在这个转型过程中，《文艺研究》作为权威学术媒体，起到了重要的作用。2000年以后，《文艺研究》对西方文化研究理论和方法的介绍、讨论等，极大地激发了那个年代文化研究在中国的研究。也是在这一背景下，2005年年初，《文艺研究》希望能够展开对"大众文化"的讨论，并安排我和陈剑澜做栏目的学术主持。同年第3期，这个栏目开始创办。我们在栏目"主持人语"中说："我们生活在一个文化'符号'大规模生产和再生产的时代。由于'符号'携带着复杂的意识形态内容，如物质主义、消费主义等等，因而能够不断地改写我们的经验。它在制造'惊奇'的同时，悄然改变、置换着我们熟悉的东西，用难以抵制的方式塑造我们的'习惯'。从道德或审美的角度来谈论这些现象，从精英主义或平民主义立场臧否之，都是相对容易的。而批评的任务在于：它不仅要表明立场，而且必须把对象的细微意义合理地呈现出来。关于我们的意识、经验、行为在'符号'的挤压之下究竟发生了什么，批评活动应当提供一种有效的知识。"[1]栏目发表了贺绍俊、张柠等人的文章。这个开头很好。可惜的是,我因为各种事务缠身,分身乏术,这个开头也就是结束。栏目没有继续办下去,非常可惜。但是,《文艺研究》诸位朋友的友谊和信任,至今仍然鼓舞和感动着我。

《文艺研究》向以"基础理论研究的重镇"称誉学界,但在2003年之后,刊物做了适当的调试,针对学术界某些问题及现状展开了批评,在学界有良好的反应。2009年,《文艺研究》编辑出版了《阐释与创造·文艺研究书系》,书系收录了21世纪在《文艺研究》上发表的重要学术理论文章。从某种意义上也可以说,这些文章代表那个时代中国文学艺术理论批评的水平。书系有三卷:《批评的力量》《理论的声音》《学者之镜》。其中,《批评的力量》是从《文艺研究》自2003年设立的"书与批评"栏目、2005年设立的"当代批评"栏目中选出的文章。有幸的是,我发表在《文艺研究》2008年第2期上的文章《怎样评价这个时代的文艺批评》,作为首篇入选该书。栏目旨在加强当代学术批评建设。"书与批评""当代批评"是刊物的重点栏目,按照编者的说法,是"举学界之力重

---

[1] 孟繁华、陈剑澜:《大众文化批评》,《文艺研究》2005年第3期。

点建设的栏目","在学界享有声誉"[1]。

建构中国文学理论话语,离不开中国文学创作的经验,中国文学理论的发展证实了这一点。当然,我们必须承认,自改革开放以来,国门洞开,我们经历了第二次西风东渐。西方文学理论让我们了解了西方世界在理论上对文学的理解和见识,对发展我们中国的文学理论起到了巨大的推动作用。现代派文学、先锋文学以及后现代主义文学,让我们看到了文学创作的无限可能性,我们不仅在创作上做了全面的回应和实践,同时在理论上也做出了相应的总结。创作和理论的巨大发展,极大地推动和丰富了中国当代文学。我们可以这样说,如果没有经历20世纪80年代以来的现代派文学、先锋文学和后现代主义文学的洗礼,没有向西方文学学习的经历,中国当代文学发展到今天的状况是没有可能的。但是,几十年过去之后,中国作家和批评家、理论家发现,如果一味地跟着西方文学及其理论,中国文学和理论只能成为西方文学的附庸。西方文学理论构建的基础来自西方文学的经验,它可以给我们以启发甚至灵感。我们曾毫不犹豫地加入世界的"文学联合国",参与与世

---

[1] 方宁主编《批评的力量》,西南师范大学出版社2009年版,第2页。

界文学的交流和对话。但是，在多元化、多样化文学创作日益得到尊重和关注的今天，中国文学作为西方的"他者"，作为世界的"地方性"经验，必须做出我们独特的表达。也只有做出独特性的表达，中国文学才能在世界文学的总体格局中占有一席之地。莫言获得诺贝尔文学奖证明了这一点。因此，适时地开设当代文学批评栏目并作为重点栏目建设，显示了《文艺研究》的学术眼光和视野。当代文学研究栏目甫一开设就应者云集，充分显示了刊物的巨大号召力和影响力。我是这个栏目的积极响应者和作者。十多年来，我陆续在这个栏目发表了九篇文章：

1.《九十年代：先锋文学的终结》，发表于2000年第6期。

2.《重新发现的乡村历史——本世纪初长篇小说中乡村文化的多重性》，发表于2004年第4期。

3.《21世纪初长篇小说中的知识分子形象》，发表于2005年第2期。

4.《怎样评价这个时代的文艺批评》，发表于2008年第2期。

5.《乡土文学传统的当代变迁——"农村题材"转向"新

乡土文学"之后》，发表于 2009 年第 10 期。

6.《文学革命终结之后——近年中篇小说的"中国经验"与讲述方式》，发表于 2011 年第 8 期。

7.《乡村文明的变异与"50 后"的境遇——当下中国文学状况的一个方面》，发表于 2012 年第 6 期。

8.《建构时期的中国城市文学——当下中国文学状况的一个方面》，发表于 2014 年第 2 期。

9.《中国当代文学经典化的国际化语境——以莫言为例》，发表于 2015 年第 4 期。

这九篇文章有四篇（《九十年代：先锋文学的终结》《怎样评价这个时代的文艺批评》《建构时期的中国城市文学——当下中国文学状况的一个方面》《中国当代文学经典化的国际化语境——以莫言为例》）曾被《新华文摘》全文转载。《建构时期的中国城市文学——当下中国文学状况的一个方面》还被评为 2013—2014 年度辽宁省哲学社会科学成果奖一等奖。这并不是说我自己的研究和文章有多么重要，而是说《文艺研究》杂志对我来说是多么重要。

2004 年，我刚到沈阳师范大学工作，我们希望能够通过和名刊的合作，提高我们学科的知名度和影响力。现在的很多会议都是这样的"模式",名刊的号召力远远大于大学的学科,哪怕是著名大学。我们没有别的办法,只能亦步亦趋地学习。我们首先想到的还是《文艺研究》。这个想法表达之后,立即得到了《文艺研究》各位朋友的全力支持。2004年9月11日至13日,由沈阳师范大学中国文学与文化研究所、《文艺研究》杂志社共同主办的"21世纪:理论建设与批评实践国际学术研讨会"在沈阳师范大学召开。国内外这一领域的专家、学者五十多人参加了本次研讨会。国内很多重要媒体报道了会议的召开和盛况。因此,无论是我个人还是我们学科,与《文艺研究》的友谊,《文艺研究》对我们学科工作的扶持、支持和帮助,都是不能忘记的。每当想起与刊物诸朋友交往的经历,都有许多美好涌上心头。我甚至可以说,沈阳师范大学的中国现当代文学学科,就是从那时开始被学界了解和熟悉的。这份情谊,让人永远难忘。《文艺研究》已经取得了有目共睹的成就,在学界奠定了举足轻重的地位。我相信,作为中国学术重镇的《文艺研究》,在未来的岁月里,一定会取得更辉煌的成就,发表更多有学术见解的文章,培养更多的学术青年才俊。这正是:古来青史谁不见,今见功名胜古人。

现在,《文艺研究》又编辑出版了《文艺研究小丛书》,遴选一些学者和他们发表在刊物上的文章,这是对刊物作者的一种尊重和友谊,显示了刊物的胸襟、情怀和气象。能够入选该丛书,我感到非常幸运。年轻编辑松睿是著名的文学理论家和文学评论家,他的学术成果在学界有很高的评价;他治学和为人谦虚谨慎,与人为善。本书的出版就是在他的推荐、编辑下实现的。感谢松睿的辛苦工作,感谢《文艺研究》长久以来的关注和扶持。

            2022年6月1日于北京寓所

目录

001　建构时期的中国城市文学

　　——当下中国文学状况的一个方面

030　中国当代文学经典化的国际化语境

　　——以莫言为例

058　乡土文学传统的当代变迁

　　——"农村题材"转向"新乡土文学"之后

建构时期的中国城市文学
——当下中国文学状况的一个方面

百年来,由于中国的社会性质和特殊的历史处境,乡土文学和农村题材一直占据着中国文学的主流地位。这期间虽然也有变化或起伏变动,但基本方向并没有改变。即便是在 21 世纪发生的"底层写作",其书写对象也基本在乡村或城乡交界处展开。但是,近些年来,作家创作的取材范围开始发生变化,不仅一直生活在城市的作家以敏锐的目光努力发现正在崛起的新文明的含义或性质,而且长期从事乡村题材写作的作家也大都转身书写城市题材。这里的原因当然复杂。根据国家公布的城镇化率计算，2011年我国城镇人口超过了农村人口。这个人口结构性的变化虽然不足以说明作家题材变化的原因，但可以肯定的是，城市人口的激增，也从一定程度上加剧了城市原有的问题和矛盾，比如就业、能源消耗、污染、就学、医疗、治安等。文学当然不是处理这些事务的领域，但是，这些问题的积累和压力，必定会影响到世道人心，必定会在某些方面或某种程度上催发或膨胀人性中不确定性的东西。而这正是文学书写和处理的主要对象和内容。当下作家的主力阵容也多集中在城市，他们对城市生活的切实感受，是他们书写城市生活最重要的依据。

我曾分析过乡村文明崩溃后新文明的某些特征：这个新的文明我们暂时还很难命名。这是与都市文明密切相关又不尽相同的一种文明，是多种文化杂糅交汇的一种文明。我们知道，当下中国正在经历着不断加速的城镇化进程，这个进程最大的特征就是农民进城。这是又一次重大的迁徙运动。历史上我们经历过几次重大的民族大迁徙，比如客家人从中原向东南地区的迁徙、锡伯族从东北向新疆的迁徙、山东人向东北地区的迁徙等。这些迁徙几乎都是向边远的地区流动。这些迁徙和流动起到了交融文化、开发边地或守卫疆土的作用,并在当地构建了新的文明。但是,当下的城市化进程与上述民族大迁徙都非常不同。如果说上述民族大迁徙都保留了自己的文化主体性,那么,大批涌入城市的农民或其他移民,则难以保持自己的文化主体性,他们是城市的"他者",必须想尽办法尽快适应城市并生存下来。流动性和不确定性是这些新移民最大的特征,他们的焦虑、矛盾以及不安全感是最鲜明的心理特征。这些人改变了城市原有的生活状态,带来了新的问题。这多种因素的综合,正在形成以都市文化为核心的新文明。[1]

这一变化在文学领域各个方面都有所反映。比如评奖。2012年,《中篇小说选刊》公布了2010至2011年度"古井贡杯"全国优秀中篇小说获奖作品:蒋韵《行走的年代》、陈继明《北京和尚》、叶兆言《玫瑰的岁月》、余一鸣《不二》、范小青《嫁入豪门》、迟子建《黄鸡白酒》六部作品获奖;第四届"茅台杯"《小说选刊》年度大奖获奖的中篇小说有弋舟《等深》、方方《声音低回》、海飞《捕风者》,短篇小说有范小

---

1 参见孟繁华《乡村文明的变异与"50后"的境遇——当下中国文学状况的一个方面》,《文艺研究》2012年第6期。

青《短信飞吧》、裘山山《意外伤害》、女真《黑夜给了我明亮的眼睛》。这些作品里居然没有一部是农村或乡土题材的。这两个例证可能有些偶然性或极端化,而且这两个奖项也不是全国影响最大的文学奖,但是,它的征候性却证实了文学新变局的某些方面。

在我看来,当代中国的城市文化还没有建构起来,城市文学也在建构之中。这里有两个方面的原因:第一,在新中国成立初期的20世纪五六十年代,我们一直存在着一个"反城市的现代性"。反对资产阶级的香风毒雾,主要是指城市的资产阶级生活方式,因此,从50年代初期批判萧也牧的《我们夫妇之间》,到话剧《霓虹灯下的哨兵》《千万不要忘记》等的被推崇,反映的都是这一意识形态,也就是对城市生活的警觉和防范。在这样的政治文化背景下,城市文学的生长几乎是不可能的。第二,现代城市文学从某种意义上说是"贵族文学",没有贵族,就没有文学史上的现代城市文学。不仅西方如此,中国依然如此。"新感觉派"、张爱玲的小说以及曹禺的《日出》、白先勇的《永远的尹雪艳》等,都是通过贵族或资产阶级生活来反映城市生活的;虽然现代作家开创了表现北京平民生活的小说,并在今天仍然有回响,比如刘恒的《贫嘴张大民的幸福生活》，但对当今的城市生活来说，已经不具有典型性。王朔的小说虽然写的是北京普通青年生活，但王朔的嬉笑怒骂、调侃讽喻，隐含了明确的精英批判意识和颠覆诉求。因此，如同建构稳定的乡土文化经验一样，建构起当下中国的城市文化经验，城市文学才能够真正地繁荣发达。尽管如此，我们还是看到了作家对都市生活顽强的表达，这是艰难探寻和建构中国都市文学经验的一部分。

表面看，官场、商场、情场、市民生活、知识分子、农民工等，都是与城市文学相关的题材。当下中国的城市文学也基本是在这些书写对象中展开的。一方面，我们应该充分肯定当下城市文学创作的丰富性。在这些作品中，我们有可能部分地了解了当下中国城市生活的面貌，认识今天城市的世道人心及价值取向。另一方面，我们也必须承认，建构时期的中国城市文学，也确实表现出了它过渡时期的诸多特征和问题。探讨这些特征和问题，远比做出简单的好与不好的判断更有意义。在我看来，城市文学尽管已经成为这个时代文学创作的主流，但是，它的热闹和繁荣也仅仅表现在数量和趋向上。中国城市生活最深层的东西还是一个隐秘的存在，最有价值的文学形象很可能没有在当下的作品中得到表达，隐藏在城市人内心的秘密还远没有被揭示出来。本文将具体探讨当下城市文学的主要问题。

一、城市文学还没有表征性的人物

今天的城市文学，有作家、有作品、有社会问题、有故事，但就是没有这个时代表征性的文学人物。文学史反复证实，任何一个能在文学史上留下来并对后来的文学产生影响的文学现象，首先是创造了独特的文学人物，特别是那些"共名"的文学人物。比如法国的"局外人"、英国的"漂泊者"、俄国的"当代英雄""床上的废物"、日本的"逃遁者"、美国的"遁世少年"等人物，他们代表了不同时期的文学成就。如果没有这些人物，西方文学的巨大影响就无从谈起。当代中国的"十七年"文学，如果没有梁生宝、萧长春、高大泉这些人物，不仅难以建构起社会主义初期的文化空间，而且也难以建构起文学中的社会主义价值系统。新时期以来，如果没有"知青文学""右派文学"中的受难者形象，以隋抱朴为代表的农民形象，"现代派文学"中的反抗者形象，"新写实文学"中的小人物形象，以庄之蝶为代表的知识分子形象，王朔的"顽主"等,也就没有新时期文学的万千气象。但是,当下的城市文学虽然数量巨大,我们却只见作品、不见人物。"底层写作""打工文学"整体上产生了巨大的社会效应,但它的影响基本是文学之外的原因,是现代性过程中产生的社会问题。我们还难以从中发现有代表性的文学人物。因此,如何创作出城市文学中的具有典型性的人物,比如现代文学中的白流苏、骆驼祥子等,是当下作家面临的重要问题。当然,没落贵族的旧上海、平民时代的老北京,已经成为过去。我们正在面临和经历的新的城市生活,是一个不断建构和修正的生活,它的不确定性是最主要的特征。这种不确定性和复杂性为生活其间的人们带来了生存和心理的动荡,熟悉的生活被打破,一种"不安全"感传染病般地在弥漫。另外,不熟悉的生活也带来了新的机会,一种跃跃欲试的欲望四处滋生。这种状况,深圳最有代表性。彭名燕、曹征路、邓一光、李兰妮、南翔、吴君、谢宏、蔡东、毕亮等几代作家,正在从不同的方面表达对这座新城市的感受,讲述着深圳不同的历史和现在。他们创作的不同特点,从某个方面也可以说是当下中国城市文学的一个缩影。因此,深圳文学对当下中国文学而言,它的征候性非常具有代表性。这些优秀的作家虽然还没有创作出令人震撼的、具有普遍意义的人物形象，但是，他们积累的城市文学创作经验，预示了他们在不远的将来终会云开日出、柳暗花明。

不过，就城市文学的人物塑造而言，普遍的情况远不乐观。更多的作品单独来看都是很好的作品，都有自己的特点和发现。但是，如果整体观察，这个文学书写的范畴就像雾霾一样极其模糊。或许，这也是批评界肯定具体的作家、批评整体的文学的依据之一。事实也的确如此。比如鲁敏，她绝对是一个优秀作家，许多作品频频获奖已经从一个方面证实了这个说法。但是，她转型书写城市文学之后，总会给人一种勉为其难的感觉。比如她的《惹尘埃》[1]，是一篇典型的书写都市生活的小说。年轻的妇人肖黎患上了"不信任症"："对目下现行的一套社交话语、是非标准、价值体系等等的高度质疑、高度不合作，不论何事、何人，她都会敏感地联想到欺骗、圈套、背叛之类，统统投以不信任票。"肖黎并不是一个先天的怀疑论者，她的不信任缘于丈夫的意外死亡。丈夫两年半前死在了城乡交界处的"一个快要完工、但突然塌陷的高架桥下"，他是大桥垮塌事件唯一的遇难者。就是这样一个意外事件，改变了

---

[1] 鲁敏：《惹尘埃》，《人民文学》2010年第7期。

肖黎的世界观：施工方在排查了施工单位和周边学校、住户后，没有发现有人员伤亡并通过电台对外做了"零死亡"的报道。但是死亡的丈夫终于还是被发现，这对发布"零死亡"的人来说遇到了麻烦。于是他们用丈夫的电话给肖黎打过来，先是表示抚慰，然后解释时间，"这事情得层层上报，现场是要封锁的，不能随便动的，但那些记者们又一直催着，要统一口径、要通稿，我们一直是确认没有伤亡的"；接着是地点，"您的丈夫'不该'死在这个地方，当然，他不该死在任何地方，他还这么年轻，请节哀顺变……我们的意思是，他的死跟这个桥不该有关系、不能有关系"；然后是"建议"："您丈夫已经去了，这是悲哀的，也不可更改了，但我们可以把事情尽可能往好的方向去发展……可不可以进行另一种假设？如果您丈夫的死亡跟这座高架桥无关，那么，他会因为其他的什么原因死在其他的什么地点吗？比如，因为工作需要、他外出调查某单位的税务情况、途中不幸发病身亡？我们想与您沟通一下，他是否可能患有心脏病、脑血栓、眩晕症、癫痫病……不管哪一条，这都是因公死亡……"接着还有承诺和巧妙的施压。这当然都是阴谋，是弥天大谎。处在极度悲痛中的肖黎，又被这惊人的冷酷撕裂了心肺。

但是，事情到这里还远没有结束。当肖黎拿到丈夫的手机后，她发现了一条信息和几个未接的同一个电话。那条信息的署名是"午间之马"。"肖黎被'午间之马'击中了，满面是血，疼得不敢当真。这伪造的名字涵盖并揭示了一切可能性的鬼魅与欺骗。"不信任感和没有安全感，是当下人们普遍的心理征候，而这一征候又反过来诠释了这个时代的病征。如果对一般人来说这只是一种感受的话，那么对肖黎来说就是切肤之痛了。于是，"不信任症"真的就成了一种病征，它不只是心理的，重要的是它要诉诸生活实践。那个年过七十的徐医生徐老太太，应该是肖黎的忘年交，她总是试图帮助肖黎开始新生活，肖黎的拒绝也在意料和情理之中。落魄青年韦荣以卖给老年人保健品为生，在肖黎看来这当然也是一个欺骗的行当。当肖黎勉为其难地同意韦荣住进她的地下室后，韦荣的日子可想而知。他屡受肖黎的刁难、质问，甚至侮辱性的奚落。但韦荣只是为了生活从事了这一职业，他并不是一个坏人或骗子。倒是徐老太太和韦荣达观的生活态度，最后改变了肖黎。当徐老太太已经死去、韦荣已经远去后，小说结尾有这样一段议论：

　　也许，怀念徐医生、感谢韦荣是假，作别自己才是真——对伤逝的纠缠，对真实与道德的信仰，对人情世故的偏见，皆就此别过了，她将会就此踏入那虚实相间、富有弹性的灰色地带，与虚伪合作，与他人友爱，与世界交好，并欣然承认谎言的不可或缺，它是建立家国天下的野心，它是构成宿命的要素，它鼓励世人对永恒占有的假想，它维护男儿女子的娇痴贪，它是生命中永难拂去的尘埃。又或许，它竟不是尘埃，而是菌团活跃、养分丰沛的大地，是万物生长之必须，正是这谎言的大地，孕育出辛酸而热闹的古往今来。

"惹尘埃"就是自寻烦恼吗？如果是这样，这篇小说就是一部劝诫小说，告诫人们不要"惹尘埃"。那么，小说是要人们浑浑噩噩得过且过吗？当然也不是。《惹尘埃》写出了当下生活的复杂以及巨大的惯性力量。有谁能够改变它呢？流淌在小说中的是一种欲说还休的无奈感。而小说深深打动我们的，还是韦荣对肖黎那有节制的温情。这些都毋庸置疑地表明《惹尘埃》是一部好小说，它触及的问题几乎就要深入社会最深层。但是，放下小说以后，里面的人物很难让我们再想起，因为作家更多关注的是城市的社会问题，而人物性格的塑造却有意无意地被忽略了。类似的情况我们在很多优秀作家的作品中都可以看到。文学在今天要创作出具有"共名"性的人物，确实并非易事。20世纪90年代以来社会生活和文化生活的多样性和多元性，使文学创作主题的同一性成为不可能，那种集中书写某一典型或类型人物的时代已经过去。但是，更重要的问题可能还是作家洞察生活的能力以及文学想象力。同样是90年代，《废都》中的庄之蝶及其女性形象，还活在今天读者的记忆中。那是因为贾平凹在90年代发现了知识分子精神的幻灭这一惊天秘密，他通过庄之蝶将一个时代的巨大隐秘表现出来，一个"共名"的人物就这样诞生了。李佩甫《羊的门》中的呼天成、阎真《沧浪之水》中的池大为等人物，同样诞生于90年代末期，都是有力的佐证。因此，社会生活的多样性、文化生活的多元性，只会为创作典型人物或"共名"人物提供更丰饶的土壤，而绝对不会构成障碍。

二、城市文学没有青春

20世纪90年代以后，当代文学的青春形象逐渐隐退以致面目模糊。青春形象的隐退，是当下文学的被关注程度不断跌落的重要原因之一，也是当下文学逐渐丧失活力和生机的佐证。也许正因为如此，自方方的《涂自强的个人悲伤》[1]发表以来，引起了强烈的反响，这在近年来的小说创作中并不多见。该作品打动了这么多读者特别是青年读者的心，重要的原因就是方方重新接续了百年中国文学关注青春形象的传统，并以直面现实的勇气，从一个方面表现了当下中国青年的遭遇和命运。

涂自强是一个穷苦的山里人家的孩子。他考取了大学。但他没有也不知道"春风得意马蹄疾，一日看尽长安花"的心境。全村人拿出一些零散票子，勉强凑了涂自强的路费和学费，他告别了山村。从村主任到乡亲都说：念大学，出息了，当大官，让村里过上好日子，哪怕只是修条路。"涂自强出发那天是个周五。父亲早起看了天，说了一句，今儿天色好出门。屋外的天很亮，两座大山耸着厚背，却也遮挡不住一道道光明。阳光轻松地落在村路上，落得一地灿烂。山坡上的绿原本就深深浅浅，叫这光线一抹，仿佛把绿色照得升腾起来，空气也似透着绿。"这一描述，透露出的是涂自强、父亲以及全

---

[1] 方方：《涂自强的个人悲伤》，《十月》2013年第2期。

村的心情，涂自强就要踏上一条有着无限未来和期许的道路了。但是，走出村庄之后，涂自强必须经历他虽有准备但一定是充满艰辛的道路——他要提早出发，要步行去武汉，要沿途打工挣出学费。于是，他在餐馆打工，洗车，干各种杂活，同时也经历了与不同人的接触，并领略了人间的暖意和友善。他终于来到学校。大学期间，涂自强在食堂打工，做家教，没有放松一分钟，不敢浪费一分钱。但即将考研时，家乡为了修路挖了祖坟，父亲一气之下大病不起最终离世。毕业了，涂自强住在又脏又乱的城乡交界处，然后是难找工作，被骗，欠薪。祸不单行的是，家里老屋塌了，母亲伤了腿，出院后跟随涂自强来到武汉。母亲去餐馆洗碗，做家政，看仓库，扫大街，和涂自强相依为命，勉强度日。最后，涂自强积劳成疾，查出肺癌晚期。他只能把母亲安置在莲溪寺——

涂自强看着母亲隐没在院墙之后，他抬头望望天空，好一个云淡风轻的日子，这样的日子怎么适合离别呢？他黯然地走出莲溪寺。沿墙行了几步，脚步沉重得他觉得自己已然走不动路，便蹲在了墙根下，好久好久。他希望母亲的声音能飞过院墙，传达到他这里。他跪下来，对着墙说，妈，不知道什么时候才能再见。妈，我对不起你。

此时涂自强的淡定从容来自绝望之后，这貌似平静的诀别却如惊雷滚地。涂自强从家乡出发的时候是一个"阳光轻松地落在村路上，落得一地灿烂"的日子，此时的天空是一个"云淡风轻的日子"。从一地灿烂到云淡风轻，涂自强终于走完了自己年轻、疲惫又一事无成的一生。在回老家的路上，他永远离开了这个世界。小说送走了涂自强后说："这个人，这个叫涂自强的人，就这样一步一步地走出这个世界的视线。此后，再也没有人见到涂自强。他的消失甚至也没被人注意到。这样的一个人该有多的孤单。他生活的这个世道，根本不知他的在与不在。"

读《涂自强的个人悲伤》，很容易想到1982年路遥的《人生》。20世纪80年代是中国改革开放的初始时期，也是压抑已久的中国青年最为躁动和跃跃欲试的时期。改革开放的时代环境，使青年特别是农村青年有机会通过传媒和其他资讯方式了解城市生活，城市的灯红酒绿和花枝招展总会轻易地调动农村青年的想象。于是，他们纷纷逃离农村来到城市。城市与农村看似一步之遥，却间隔着不同的生活方式和传统，农村的前现代传统虽然封闭，却有巨大的难以超越的道德力量。高加林对农村的逃离和对农村恋人巧珍的抛弃，喻示了他对传统文明的道别和奔向现代文明的决绝。但城市对"他者"的拒绝是高加林从来不曾想象的。路遥虽然很道德化地解释了高加林失败的原因，却从一个方面表达了传统中国青年迈进现代的艰难历程。作家对土地或家园的理解，也从一个方面延续了现代中国作家的土地情结，或者说，只有农村和土地才是青年或人生的最后归宿。但事实上，农村或土地，是只可想象而难以经验的，作为精神归属，在文化的意义上只因别无选择。90年代以后，无数的高加林涌进了城市，他们会遇到高加林的问题，但不会全部返回农村。现代性有问题，但也有它不可阻挡的巨大魅力。另一方面，高加林虽然是个失败者，但我们可以明确地感觉到高加林未作宣告的巨大野心。他虽然被取消公职，被打发回农村，恋人黄亚萍也与其分手，被他抛弃的巧珍也早已嫁人，高加林失去了一切，独自扑倒在家乡的黄土地上。但是，我们总是觉得高加林身上有一股"气"，这股"气"相当混杂，既有草莽气也有英雄气，既有小农气息也有当代青年的勃勃生机。因此，路遥在讲述高加林这个人物的时候，他是怀着抑制不住的欣赏和激情的。高加林给人的感觉是总有一天会东山再起、卷土重来。

但是涂自强不是这样。涂自强一出场就是一个温和谨慎的山村青年。这不只是涂自强个人性格使然，更是一个时代青春面貌的表征。这个时代，高加林的性格早已终结。高加林没有读过大学，但他有自己的目标和信念：他就是要进城，而且不是做一个普通的市民，他要娶城里的姑娘，为了这些甚至不惜抛弃柔美多情的乡下姑娘巧珍。高加林内心有一种不达目的不罢休的狠劲儿，这种性格在乡村中国的人物形象塑造中多有出现。但是，到涂自强的时代，不要说高加林的狠劲儿，就是合理的自我期许和打算，都已经显得太过奢侈。比如，高加林轰轰烈烈地谈了两场恋爱，春风得意地领略了巧珍的温柔多情和黄亚萍的热烈奔放，可怜的涂自强呢，那个感情很好的女同学采药高考落榜了，分别时只是给涂自强留下一首诗："不同的路／是给不同的脚走的／不同的脚／走的是不同的人生／从此我们就是／各自路上的行者／不必责怪命运／这只是我的个人悲伤。"涂自强甚至都没来得及感伤，就步行赶路去武汉了。对一个青年而言，还有什么能比没有爱情更让人悲伤无望呢，但涂自强没有。这不是作家方方的疏漏，只因为涂自强没有这个能力甚至权力。因此，小说中没有爱情的涂自强只能将情感倾注于亲情。他对母亲的爱和最后诀别，是小说最动人的段落之一。方方说："涂自强并不抱怨家庭，只是觉得自己运气不好，善良地认为这只是'个人悲伤'。他非常努力，方向非常明确，理想也十分具体。"但结果却是，一直在努力，从未得到过。其实，他拼命想得到的，也仅仅是能在城市有自己的家、让父母过上安定的生活——这是有些人生来就拥有的东西。然而，最终夭折的不仅是理想，还有生命。[1]过去我们认为，青春永远是文学关注的对象，是因为这不仅缘于年轻人决定着不同时期的社会心理，同时还意味着他们将无可置疑地占领着未来。但是，从涂自强本人到社会上的传说，再到方方小说中的确认，我们不得不改变过去的看法：如果一个青年无论怎样努力，都难以实现自己哪怕卑微的理想或愿望，那么，这个社会是大有问题的，生活在这个时代的青年是没有希望的。从高加林时代开始，青年一直是落败的形象——高加林的大起大落、

---

[1] 蒋肖斌：《别让没有背景的年轻人质疑未来——访〈涂自强的个人悲伤〉作者方方》，《中国青年报》2013年6月18日。

现代派"我不相信"的失败反叛,一直到各路青春的离经叛道或离家出走,青春的不规则形状决定了他们必须如此,如果不是这样那就不是青春。他们是失败的,同时也是英武的。但是,涂自强是多么规矩的青年啊,他没有抱怨、没有反抗,他从来就没想做一个英雄,他只想做一个普通人,但命运还是不放过他,直至将他逼死,这究竟是为什么!一个青年努力奋斗却永远没有成功的可能,扼制他的隐形之手究竟在哪里?究竟是什么力量将涂自强逼到了万劫不复的境地?一个没有青春的时代,就意味着是一个没有未来的时代。方方的这部作品启示我们,关注青春是城市文学的重要方面,特别是从乡村走向城市的青年,不仅为文学提供了丰饶的土壤,更重要的是,从乡村走向城市,也是当今中国社会的一个巨大隐喻。我甚至隐约感觉到,中国伟大的文学作品,很可能产生在从乡村到城市的这条道路上。

三、城市文学的纪实性困境

中国特殊的历史处境,决定了中国文学与现实的密切关系。只要有点历史感,我们都会认为文学的这一选择没有错误。当国家民族处在风雨飘摇的时刻，作家自觉地选择了与国家和民族同呼吸共命运，这是百年中国文学值得引以为荣的伟大传统。但是，文学毕竟是一个虚构领域，想象力毕竟还是文学的第一要义。因此，没有大规模地受到浪漫主义文学洗礼的中国文学，一直保持着与现实的反映关系，使文学难以"飞翔"而多呈现为写实性。只要看看"底层写作"和"打工文学"，它的非虚构性质或报告文学特征就一目了然。

关仁山是当下最活跃、最勤奋的作家之一。在我看来，关仁山的价值还不在于他的活跃和勤奋，而是他对当下中国乡村变革——具体地说是对冀东平原乡村变革——的持久关注和表达。因此可以说，关仁山的创作是与当下中国乡村生活关系最为密切和切近的创作。自"现实主义冲击波"以来，关仁山的小说创作基本集中在长篇上，中、短篇小说写得不多。现在要讨论的这篇《根》[1]是一部短篇小说，而且题材也有了变化。

小说的内容并不复杂：女员工任红莉和老板张海龙发生了一夜情。但这不是男人好色、女人要钱的烂俗故事。老板张海龙不仅已婚，而且连续生了三个女儿。重男轻女、一心要留下

---

[1] 关仁山：《根》，《北京文学》2011年第11期。

"根儿"的张海龙怀疑自己的老婆再也不能生儿子了,于是,他看中了任红莉,希望她能给自己生一个儿子。任红莉也是已婚女人,她对丈夫和自己生活的评价是:"人老实、厚道,没有宏伟的理想,性格发闷,不善表达。他目光迷茫,听说落魄的人都是这样的目光。跟这种男人生活在一起,非常踏实。就算他知道自己女人有了外遇,他也不会用这种以牙还牙的方式。他非常爱我,我在他心中的地位,谁也无法动摇。我脾气暴躁,他就磨出一副好耐性。为了维持家庭的和谐,他在很多方面知道怎样讨好我,即便有不同意见,他也从来不跟我当面冲突。其实,他一点不窝囊,不自卑,嘴巴笨,心里有数,甚至还极为敏感。我不用操心家里的琐碎事。生活清贫,寒酸,忙乱,但也有别样的清静、单纯。"但任红莉毕竟还是出轨了。任红莉出轨最根本的原因还是利益的问题,而不是做一个代孕母亲。张海龙多次说服和诱惑后,任红莉终于想通了:"换个角度看问题,一种更为广阔的真实出现在我的视野。刹那间,我想通了,如今人活着,并不只有道德一个标准吧?并不是违背道德的人都是坏人。我心里储满了世俗和轻狂。我和阎志的爱情变得那样脆弱、轻薄。我们的生存面临困境了,牟利是前提,人们现在无处不在地相互掠夺与赚钱。赚钱的方式,是否卑鄙可耻，这另当别论了。他没有本事，我怎能袖手旁观？从那一天开始，恐惧从我的心底消失了。这一时期，我特别讨厌以任何道德尺度来衡量自己的思想和行为。可是，有另外一种诱惑吸引着我。资本像个传说，虽然隐约，却风一样无处不在。一种致命的、丧失理智的诱惑，突然向我袭来了。我似乎抓住了救命稻草，我要给张海龙生个孩子。"

任红莉终于为张海龙生了孩子。不明就里的丈夫、婆婆的高兴可想而知；张海龙的兴奋可想而知。任红莉也得到了她想得到的东西，似乎一切都圆满。但是，面对儿子、丈夫、张海龙以及张海龙的老婆，难以理清的纠结和不安的内心，在惊恐、自责、幻想等各种心理因素的压迫左右下，任红莉终于不堪重负成了精神病人。关仁山的这篇小说要呈现的就是任红莉怎样从一个健康的人成为一个精神病人的。苏珊·桑塔格的《疾病的隐喻》收录了两篇重要的论文《作为隐喻的疾病》及《艾滋病及其隐喻》。桑塔格在这部著作中反思并批判了诸如结核病、艾滋病、癌症等疾病如何在社会的演绎中一步步隐喻化。这个隐喻化就是"仅仅是身体的一种病"如何转换成了一种社会道德批判和政治压迫的过程。桑塔格关注的并不是身体疾病本身，而是附着在疾病上的隐喻。所谓疾病的隐喻，就是疾病之外的具有某种象征意义的社会压力。疾病属于生理，而隐喻归属于社会意义。在桑塔格看来，疾病给人带来生理、心理的痛苦之外，还有一种更为可怕的痛苦，那就是关于疾病的意义的阐释以及由此导致的对于疾病和死亡的态度。

任红莉的疾病与桑塔格所说的隐喻构成了关联，或者说，任红莉的疾病是违背社会道德的直接后果。值得注意的是，这个隐秘事件导致的病患并不是缘于社会政治和道德批判的压力，而恰恰是来自任红莉个人内心的压力。任红莉是一个良心未泯，有耻辱心、负罪感的女人。任红莉代人生子并非主动自愿，作为一个女人，她投身社会的那一刻，她的身体也同时被男性关注，因此，从某种意义上说，对女性身体的争夺是历史发展的一部分。《根》中描述的故事虽然没有公开争夺女性的情节，但暗中的争夺从一开始就上演并愈演愈烈。值得注意的是，男人与女人的故事历来如此，受伤害的永远是女人。但话又说回来，假如任红莉对物质世界没有超出个人能力的强烈欲望，假如这里没有交换关系，任红莉会成为一个精神病人吗？关仁山在《根》中讲述的故事，对当下生活而言也是一个隐喻：欲望是当下生活的主角，欲望在推动着生活的发展，这个发展不计后果但没有方向，因此，欲望如果没有边界的话就非常危险。任红莉尽管在周医生的治疗下解除或缓解了病情，但我们也知道，这是一个乐观或缺乏说服力的结尾——如果这些病人通过一场谈话就可以如此轻易地解除病患的话，那么，我们何妨也铤而走险一次？如此看来，《根》结尾的处理确实简单了些。另外，一直书写乡村中国的关仁山，能选择这一题材，显然也是对自己的挑战。

但是，值得我们进一步深究的是，生活中存在的"一夜情"在文学中究竟应该怎样表达，或者说，这样的生活现象为文学提供了哪些不可能性。21世纪以来，关于"一夜情"的作品曾大行其道。比如《天亮以后说分手》的受欢迎程度在一个时期里几乎所向披靡，随之而来的《长达半天的快乐》《谁的荷尔蒙在飞》《我把男人弄丢了》《紫灯区》等也极度热销。这些作品从一个方面反映了年轻一代的价值观以及时代的文化氛围，同时也与市场需求不无关系。有人认为《天亮以后说分手》与美国作家罗伯特·詹姆斯·沃勒的《廊桥遗梦》相类似，并断言"肯定没有人觉得它是一部庸俗低级的书"[1]。这个判断显然是值得商榷的。《廊桥遗梦》作为通俗的文学读物，

---

[1] 参见《新闻晚报》2003年11月23日。

在美国也被称为"烧开水小说"。它的主要读者是无所事事的中年家庭主妇，小说的整体构思都是为了适应这个读者群体设计的。一个摄影艺术家与一个中年家庭主妇偶然邂逅并发生了几天的情感。但这个家庭主妇弗郎西斯卡最后还是回到了家庭，艺术家金凯在一个大雨滂沱的夜晚远走他乡。这个再通俗不过的故事，一方面满足了中年妇女婚外情的想象性体验，另一方面又维护了美国家庭的尊严。因此，它的好莱坞式情节构成虽然说不上庸俗低级，但肯定与高雅文学无关。在这个意义上，当下中国都市文学中关于"一夜情"的书写，甚至还没有达到西方"骑士文学"的水准，更不要说后来的浪漫主义文学了。因此，问题不在于是否写了"一夜情"，重要的是作家在这些表面生活背后还会为我们提供什么。当下都市文学在情感关系的书写上，还多处在类似《根》这样作品的水准，普遍存在的问题是还难以深入地表现这个时代情感关系中攫取人心的东西。这一方面，应该说菲茨杰拉德的《了不起的盖茨比》还是给了我们巨大的启示。盖茨比与黛西的故事本来是个非常普通的爱情故事，但作家的深刻就在于，盖茨比以为靠金钱、地位或巨大的物质财富就可以重温失去的旧梦，就可以重新得到曾经热恋的姑娘。但是盖茨比错了，为了追回黛西，他耗尽了自己的感情和一切，甚至葬送了自己的生命。他不仅错误地理解了黛西这个女人，也错误地理解了他所处的社会。盖茨比的悲剧就源于他一直坚信自己编织的梦幻。但是，小说的动人之处就在于盖茨比的痴情，就在于盖茨比对爱情的心无旁骛。他几乎动用了所有的手段试图唤回黛西昔日的情感。他失败了。但成功的文学人物几乎都是失败者，因为他们不可能获得俗世的成功。可惜的是，关于爱情、关于人的情感世界与物质世界的关系，我们除了写下一堆艳俗无比的故事外，几乎乏善可陈。对生活表层的纪实性表现，是当下城市文学难以走出的困境之一。应该说菲茨杰拉德创造性地继承了浪漫主义的文学传统，他的想象力与深刻性几乎无与伦比。

因此，这个时候我们特别需要重温西方19世纪浪漫主义文学。勃兰兑斯在《十九世纪文学主流》中论述的"法国浪漫派""英国浪漫派""青年德意志"等涉及的作品，也许会为我们城市文学创作提供新的想象空间或启示。在这方面，一些书写历史的作品恰恰提供了值得注意的经验。比如蒋韵的《行走的年代》[1]，这是一篇受到普遍好评的小说。如何讲述20世纪

1　蒋韵：《行走的年代》，《小说界》2010年第5期。

80年代的故事，如何通过小说表达我们对80年代的理解，就如同当年如何讲述抗日、"反右"和"文革"的故事一样。在80年代初期的中国文坛，"伤痕文学"既为主流意识形态所肯定，也在读者那里引起了巨大反响。但是，一切尘埃落定之后，文学史家在比较中发现，真正的"伤痕文学"可能不是那些暴得大名的作品，而恰恰是《晚霞消失的时候》《公开的情书》《波动》等小说。这些作品把"文革"对人心的伤害书写得更深刻和复杂，而不是简单的"政治正确"的控诉。也许正因为如此，这些作品才引起了激烈的争论。近年来，对80年代的重新书写正在学界和创作界展开。就我有限的阅读而言，《行走的年代》是迄今为止在这一范围内写得最好的一部小说。它流淌的气息、人物的面目、它的情感方式和行为方式以及小说的整体气象，将80年代的时代氛围提炼和表达得炉火纯青，那就是我们经历和想象的青春时节：它单纯而浪漫，决绝而感伤，一往无前头破血流。读这部小说的感受，就如同1981年读《晚霞消失的时候》一样激动不已。大四学生陈香偶然邂逅诗人莽河，当年的文艺青年见到诗人的情形，是今天无论如何都难以想象的：那不只是高不可攀的膜拜和发自内心的景仰，那个年代的可爱就在于那是可以义无反顾地以身相许。于是一切就这样发生了。没有人知道这是一个伪诗人、伪莽河,他从此一去不复返。有了身孕的陈香只有独自承担后果;真正的莽河也行走在黄土高原上,他同样邂逅了一个有艺术气质的社会学研究生。这个被命名为叶柔的知识女性,像子君,像萧红,像陶岚,像丁玲,亦真亦幻,她是"五四"以来中国知识女性理想化的集大成者。她是那样地爱着莽河,却死于意外的宫外孕大出血。两个女性,不同的结局,相同的命运,但那不是一场风花雪月的事。因此,80年代的浪漫在《行走的年代》中更具有女性气质:它理想浪漫,却也不乏悲剧意味。当真正的莽河出现在陈香面前时,一切都真相大白。陈香坚持离婚,最后落脚在北方的一座小学。诗人莽河在新时代放弃诗歌,走向商海,但他敢于承认自己从来就不是一个诗人,尽管他的诗情诗意并未彻底泯灭。他同样是一个诚恳的人。

《行走的年代》的不同,就在于它写出了那个时代的热烈、悠长、高蹈和尊严,它与世俗世界没有关系,它在天空与大地之间飞翔。诗歌、行走、友谊、爱情、生死、别离以及酒、彻夜长谈等表意符号,构成了《行走的年代》浪漫主义独特的气质。但是,当浪漫遭遇现实,当理想降落到大地,留下的仅是青春过后的追忆。那代人的遗产和财富仅此而已。因此，这是一个追忆、一种检讨，是一部"为了忘却的纪念"。那代人的青春时节就这样如满山杜鹃，在春风里怒号并带血绽放。不夸张地说，蒋韵写出了我们内心流淌却久未唱出的"青春之歌"。

如前所述，当下中国的城市文学如同正在进行的现代性方案一样，它的不确定性是最重要的特征。因此，在当下中国城市文学的写作，也是一个"未竟的方案"。它向哪个方向发展或最终建构成什么形象，我们只能拭目以待。

（原刊《文艺研究》2014年第2期　本文有删改）

中国当代文学经典化的国际化语境
——以莫言为例

2014年10月24日,北京师范大学国际写作中心主办了"讲述中国与世界对话:莫言与中国当代文学"国际学术研讨会。这是大学正常的国际学术交流活动。但是,当我看到法国汉学家杜特莱,日本汉学家藤井省三、吉田富夫,意大利汉学家李莎,德国汉学家郝穆天,荷兰汉学家马苏菲,韩国汉学家朴宰雨以及国内诸多著名批评家和现当代文学研究者齐聚会议时,我突然意识到,莫言获得"诺奖"是一个庞大的国际团队一起努力的结果。如果没有这个国际团队的共同努力,莫言获奖几乎是不可能的。这个庞大的团队还包括没有莅临会议的葛浩文、马悦然、陈安娜等著名汉学家。因此,当莫言获奖时,极度兴奋的不仅是中国文学界,同时还有这个国际团队的所有成员。这时我们也就理解了陈安娜在莫言获奖时的心情:2012年10月11日19时30分,陈安娜在瑞典文学院发布莫言获奖的消息后,仅在新浪微博上发了两个表情,一个太阳和一只蛋糕,对莫言的获奖表示祝贺并晒美好心情。这条微博被网友大量转发,许多中国网友向她表示感谢。当晚,陈安娜又发表微博表示:"谢谢大家!请别忘记,莫言有很多译者,文学院也看了不同语言的版本:英文、法文、德文等。大家都一起高兴!"[1]这当然是一个重要的时刻。莫言获奖不仅极大提升了中国文学在世界文学总体格局中的地位,同时,这一消息也告知我们:中国当代文学经典化的国际化语境业已形成。这个语境的形成,除了文学的通约性以外,与冷战结束后新的国际环境大有关系。试想,如果在索尔仁尼琴或帕斯捷尔纳克的时代,西方汉学家如此积极地译介莫言,莫言的命运将会如何?冷

---

[1] 见《南国早报》2012年10月15日。

战结束后,中国文学悄然地进入了世界的"文学联合国"。在这样一个"联合国",大家不仅相互沟通交流文学信息,相互了解和借鉴文学观念和艺术方法,还要共同处理国际文学事务。这个"文学共同体"的形成,是一个不断相互认同也不断相互妥协的过程。比如文学弱势地区对本土性的强调和文学强势地区对文学普遍价值坚守的承诺,其中有相通的方面,因为本土性不构成对人类普遍价值的对立和挑战;但在强调文学本土性的表述里,显然潜隐着某种没有言说的意识形态诉求。但是,在"文学联合国"共同掌控和管理文学事务的时代,任何一种"单边要求"或对地缘、地域的特殊强调,都是难以成立的。这是文学面临的全新的国际语境决定的。这种文学的国际语境,就是我们今天切实的文学大环境。这个环境告知我们的是:当下中国文学处在我们正在经历的变化之中。

一、当代文学创作外部资源的变化

在相当长的一段时间里,当代文学一直存在一个"单边交流"的缺陷。或者说,当代中国文学发展过程中的外部资源是极其有限的:苏俄文学几乎是我们唯一的样板和参照。在当下仍然有人奉苏俄文学为唯一的圭臬。这种状况有深刻的历史渊源：苏联曾是社会主义成功的范本和榜样，早期共产党人是把俄国人的道路作为梦想追随的。社会主义苏联首先创造了具有社会主义典范意义的文学和理论，在文艺创作和理论上向苏联学习，是一种合乎逻辑的选择。据《中国新文学大系 史料·索引》和《翻译总目》记载，"五四"后的8年间，187部单行本的翻译作品中，俄国就有65部。《新青年》《晨报》译介的各国小说中俄国小说的数量均占第一位。在中国的读者中，普希金的《驿站长》，莱蒙托夫的《当代英雄》，果戈里的《钦差大臣》，屠格涅夫的《父与子》《猎人笔记》，契诃夫的《樱桃园》，奥斯特洛夫斯基的《大雷雨》《钢铁是怎样炼成的》，列夫·托尔斯泰的《复活》《安娜·卡列尼娜》，高尔基的《母亲》，法捷耶夫的《毁灭》等作品，几乎被长久地阅读着。20世纪20年代，当马克思主义在中国进一步传播时，在文艺领域是伴随着对苏联文学创作和理论介绍同时进行的。1928年12月起，陈望道主编的"文艺理论小丛书"开始印行，其中就收有苏联的文学论文；1929年春，冯雪峰主编的"科学艺术论丛书"也开始出版，鲁迅为这套丛书翻译了卢那察尔斯基的《艺术论》《文艺与批评》和苏联的《文艺政策》；冯雪峰也翻译了卢那察尔斯基的《艺术之社会的基础》、普列汉诺夫的《艺术与社会生活》、伏洛夫斯基的《社会的作家论》等书。鲁迅后来又单独译出了普列汉诺夫的《艺术论》(《没有地址的信》)。从这个时代起，苏联文学作为重要的资源已经开始影响和渗透中国文学的建设和发展，闪耀着社会主义文学的巨大光芒和魅力。

中华人民共和国成立后，对苏联文学和理论的介绍，更显示出了空前的热情。短短几年的时间，就有上千种苏联文学作品介绍到我国，《青年近卫军》《真正的人》《早年的欢乐》《士敏土》《不平凡的夏天》等，迅速被我国读者熟悉，它们被关注和熟知的程度，几乎超过了任何一部当代中国文学作品。高尔基、法捷耶夫、费定、奥斯特洛夫斯基成了极有影响的文化英雄，保尔·柯察金、丹娘、马特洛索夫、奥列格成了青年无可争议的楷模和典范。同时，从 1950 年到 1962 年的 12 年间，我国还翻译出版了苏联文艺理论、美学教材及有关著作 11 种，普列汉诺夫、列宁、斯大林、高尔基、卢那察尔斯基等论文学艺术的著作 7 种。这种单边的文学交流，直至"文革"也没有结束。"文革"期间"供内部批判交流的黄皮书"，也不乏《带星星的火车票》《州委书记》《多雪的冬天》《叶尔绍夫兄弟》等。无论是学习还是批判，我们的文学与苏俄文学都结下了这样的不解之缘。

真正结束这种单边文学交流历史的，是20世纪80年代兴起的现代主义文学运动。这一文学运动曾在地下潜伏已久。"文革"期间的"黄皮书"是最早的当代启蒙读物。塞林格的《麦田里的守望者》等作品，早已在青年中流行。后来一些写进文学史的重要作品，在那一时代就是用"手抄本"的形式完成并传播的。有一篇考察和总结现代主义名称和性质的文章开篇曾写道："文化地震学试图记载艺术、文学和思想史上经常发生的感情变化和转移，这种变化和转移在程度上惯常分为三个大级度。在刻度的始端是那些时尚的震动，它们似乎有规律地随着时代的更迭而稍纵即逝，十年是测量其变化曲线的一个恰当周期，这些曲线从始动发展到高峰，随后便逐渐消失。第二种是较大的转移，其影响更深、更久，形成长时期的风格和感情，这些是用世纪为单位来加以有效测量的。第三种则是那些剧烈的脱节，那些文化上灾变性的大动乱，亦即人类创造精神的基本震动，这些震动似乎颠覆了我们最坚实、最重要的信念和设想，把过去时代的广大领域化为一片废墟（我们很有把握地说，这是宏伟的废墟），使整个文明或文化受到怀疑，同时也激励人们进行疯狂的重建工作。"[1]而现代主义文学无疑属于第三种,它的出现,使文学"与一切传统猝然决裂",就欧洲而言,它"五个世纪努力的目标公然被放弃了"[2]。现代主义改变了文学的秩序。它的意义被刘易斯做了如下描述:现代主义的出现,是"西方人整个历史上最伟大的时代划分——比过去把黑暗时代同古代分开,或把中世纪同黑暗时代分开的那种划分更加伟大——乃是把现代同简·奥斯丁和沃尔特·司各脱的时代划分开来"。这些作品,"在我们这个时代这样新颖得令人震惊,令人困惑。……比起任何其他的'新诗'来,现代诗歌不仅具有更多的新颖色彩,而且还以一种新的方式表现出它的新颖,几乎是一个新维度里的新颖"[3]。而罗兰·巴特从另一个角度高度评价了它,认为它是"新阶级和新交流方式的演变

---

1 〔英〕马·布雷德伯里、詹·麦克法兰:《现代主义的名称和性质》,载〔英〕马·布雷德伯里、詹·麦克法兰编《现代主义》,胡家峦等译,上海外语教育出版社1992年版,第3页。
2 〔英〕马·布雷德伯里、詹·麦克法兰:《现代主义的名称和性质》,载〔英〕马·布雷德伯里、詹·麦克法兰编《现代主义》,胡家峦等译,上海外语教育出版社1992年版,第4页。
3 〔英〕马·布雷德伯里、詹·麦克法兰:《现代主义的名称和性质》,载〔英〕马·布雷德伯里、詹·麦克法兰编《现代主义》,胡家峦等译,上海外语教育出版社1992年版,第4—5页。

中产生的世界观的总和",并将其时间设定于"1850年左右"[1]。现代主义经历了一百多年的发展演变后,其遗风流韵仍在发挥着巨大影响。从70年代末期始,它在中国极其艰难地再度形成潮流,但由于中国独特的历史处境,它的"合法性"地位一直在争论之中,因此,从其孕育到衰落,也只有短暂的15年左右的时间,但它产生的革命性震荡,则令所有经历了那场文学运动的人记忆犹新。

同时,我们必须承认,20世纪80年代之后,中国文学界对包括世界文学在内的文学经典,有一个再确认的过程,曾经被否定的世界文学经典重新被认同。莫言说:"从80年代开始,翻译过的外国西方作品对我们这个年纪的一代作家产生的影响是无法估量的,如果一个五十岁左右的作家,说他的创作没受任何外国作家的影响,我认为他的说法是不诚实的。我个人的创作在80年代中期、90年代中期,这10年当中,是受到了西方作家的巨大的影响,甚至说没有他们这种作品外来的刺激,也不可能激活我的故乡小说,看起来我在写小说,但

---

[1] [英]马·布雷德伯里、詹·麦克法兰:《现代主义的名称和性质》,载[英]马·布雷德伯里、詹·麦克法兰编《现代主义》,胡家峦等译,上海外语教育出版社1992年版,第5页。

是外加的刺激让我产生丰富联想的是外国作家的作品。"[1]"魔幻现实主义对我的小说产生的影响非常巨大,我们这一代作家谁说他没有受到过马尔克斯的影响?我的小说在86、87、88年这几年里面,甚至可以说明显是对马尔克斯小说的模仿。"[2]批评家朱大可在揭示这一现象的同时,也措辞严厉地批评说:"'马尔克斯语法'对中国文学的渗透,却是一个无可否认的事实。长期以来,马尔克斯扮演了中国作家的话语导师,他对中国当代文学的影响,超过了包括博尔赫斯在内的所有外国作家。其中莫言的'高密魔幻小说',强烈彰显着马尔克斯的风格印记。但只有少数人才愿意承认'马尔克斯语法'与自身书写的亲密关系。对于许多中国作家而言,马尔克斯不仅是无法逾越的障碍,而且是不可告人的秘密。"[3]无论如何,世界文学与中国当代主流文学的关系就这样缠绕在一起。

但是,任何一种域外的思潮、现象,几乎都是伴随着误读被我们接受的。魔幻现实主义是20世纪80年代进入我国读

---

1 http://book.sina.com.cn/41pao/2003-08-06/3/13818.shtml.
2 http://book.sina.com.cn/41pao/2003-08-06/3/13818.shtml.
3 朱大可:《马尔克斯的噩梦》,《中国图书评论》2007年第6期。

者视阈的，尤其是随着马尔克斯在坊间的流传，我们也便有了属于自己的解读和变体。"寻根文学"无疑是其中最具代表性的一支。而"寻根"这个词，最早可以追溯到二三十年代，适值"宇宙主义"和"土著主义"在拉美文坛斗得你死我活。宇宙主义者认为拉丁美洲的特点是它的多元，这种多元性决定了它来者不拒的宇宙主义精神。反之，土著主义者批评宇宙主义是掩盖阶级矛盾的神话，认为宇宙主义充其量只能是有关人口构成的一种说法，并不能解释拉丁美洲错综复杂的社会现实及由此衍生的诸多问题。在土著主义者看来，宇宙主义理论包含着很大的欺骗性，它拥抱的无非是占统治地位的西方文化，而拉丁美洲的根恰恰是被西方文化阉割、遮蔽的印第安文明。这颇能使人联想起同时期我国文坛的某些争鸣。世界主义者恨不得直接照搬西方，甚至不乏极端者梦想扫除国学、抛弃汉字；而国学派尤其是其中的极端者则食古不化、抱"体"不放。从某种意义上说，两者的胶着状态至今未见分晓。前卫作家始终把走向世界、与世界接轨的希望寄托在赶潮与借鉴，而乡土作家却认为最土的也是最民族的，最民族的就是最世界的。而"寻根"这个概念正是拉美土著主义者率先提出的，它经现代主义（形形色色的先锋思潮）和印第安文化（其大部分重要文献于30年代之后陆续浮出水面）及黑人文化的洗礼，终于催生了魔幻现实主义。然而，翻检我国介绍这个流派的文字，跃入眼帘的大多是"幻想加现实"之类的无厘头说法，或者"拉丁美洲现实本身即魔幻"一类不着边际的说法。哪有不是"幻想加现实"的文学？谁说"拉丁美洲现实本身即魔幻"呢？马尔克斯倒是说过，"拉丁美洲的神奇能使最不轻信的人叹为观止"；他故而坚信自己是现实主义作家，而不是所谓魔幻现实主义代表[1]。陈众议对拉美文坛内在矛盾的揭示，仿佛就在说我们自己的事情。

但是，不管我们从哪一个角度接受来自域外的文学观念或思想，都从一个方面改变了我们"自说自话"、自以为是的"天朝"心态。在已经形成的国际文学环境的大趋势下，中国文学便无条件地成为这个"文学联合国"的当然成员。这与20世纪80年代初期我们用"让中国文学走向世界"这样的祈使句表达的弱势文学心态已经完全不同。

---

[1] 陈众议：《莫言与世界文学》，载北京师范大学国际写作中心编《讲述中国与世界对话：莫言与中国当代文学国际学术研讨会论文集》，2014年。

二、文学经典建构的国际化环境

文学经典的建构，从某种意义上说应该是文学批评或文学研究的核心问题。在古代社会虽然也一直存在经典的不断颠覆和重建，存在着确立经典和"反经典"的"斗争"，但相对来说还是简单些。古人虽然也无可避免地受制于文学作品自身价值品质的规约，受到时代审美风尚、作家与批评家的阐释、类书和选本选择等的规约，但是，这些规约毕竟还限定在本土版图范围之内，还是"自家对话"的结果。比如，有了董仲舒为首的汉儒的努力，孔子就可以成为经典；有了萧统主编的《昭明文选》，先秦至南朝梁代八九百年间的经典诗文作品，基本就没有大的问题了；《唐诗三百首》入选的作品除了伪作之外，其经典地位也日久天长。

这种由国人自己指认经典的情况，一直延续到现当代文学。比如中国现代文学的经典作家，在王瑶的《中国新文学史稿》中就已经被确认："鲁郭茅巴老曹"不只经典地位难以撼动，就连排名顺序也经久不变；当代文学没有这样的经典作家，但"'三红'一创保山青林"[1]八部经典作品的地位至今仍然固若金汤。我们知道，社会主义初期阶段的文学和社会主义道路一样有一个"试错"的过程，或者说，刚刚跨进"共和国"门槛的部分作家，特别是来自"国统区"的作家，并不明确如何书写新的时代，并不了解文学实践条件究竟发生了怎样的变化。因此，在"试错"的过程中，制度化地建构起了文学规约和禁忌。规约和禁忌的形成，也无形中树立起了文学界的绝对权威。比如周扬，他作为毛泽东文艺思想的权威阐释者，对某些思潮、现象以及作家作品，就有生杀予夺的权力；他肯定或否定的某些作品，在当代文学史上的地位或价值就有了基本评价的依据。又如茅盾，如果没有他对《百合花》的肯定，不仅不能终止对《百合花》的质疑或批评，就连《百合花》在它的时代究竟是怎样性质的作品恐怕还是个问题。

无论是现代文学经典还是当代文学经典，在改革开放之前，权威话语的拥有者都可以一家独大地指认。我们也从来

---

[1] 指的是"十七年"的八部文学经典：《红日》《红岩》《红旗谱》《创业史》《保卫延安》《山乡巨变》《青春之歌》《林海雪原》。

没有产生怀疑,甚至没有怀疑的意识,因为文学史家的权威性与政治领袖的权威性在那个时代是一种同构关系。后来事情起了变化,这个变化发生于1985年第5期《文学评论》发表的黄子平、陈平原和钱理群的文章《论"二十世纪中国文学"》。这篇文章改变了百年中国的文学史观和文学史的编撰方法;1988年,陈思和、王晓明发起的"重写文学史"运动,强化了这一观念并且诉诸批评实践。但是,在这样的批评实践背后,同样有一个重要的国际背景,这就是夏志清的《中国现代小说史》被中国学者的接触和接受。1961年由耶鲁大学出版社出版了夏志清的英文著作《中国现代小说史》,这是重写中国现代小说史的一部著作。作者以其融贯中西的学识、宽广的批评视野,探讨了中国新文学小说创作的发展路向,尤其是致力于优美作品之发现和评审,发掘并论证了张爱玲、张天翼、钱锺书、沈从文等重要作家的文学史地位,使此书成为西方研究中国现代文学史的经典之作并产生了深远影响。《中国现代小说史》是"重写文学史"运动最重要的灵感来源和理论资源。尤其是一直被认为是通俗小说家的张爱玲,在批评家眼里她几乎难登大雅之堂,但夏志清在小说史中给予张爱玲的篇幅比鲁迅还要多一倍,这对当时的中国文学界不啻八级地震。

《中国现代小说史》英文版两度再版,由刘绍铭、夏济安、李欧梵、水晶等众多港台一流学者翻译的中译繁体字本于1979年、1985年和1991年分别在香港和台湾出版,2001年又在香港出版中译繁体字增订本,由复旦大学推出的中文简体字版是这部文学史著作问世40多年后。20世纪80年代末期已经接触过这部著作的学者"揭竿而起",要重新确立新文学的经典。这一多少有些冲动的行为并没有取得预想的成果——那"翻烙饼"式的批评方式,只不过是逆向地评价了现当代重要的作家作品,而思维方式并没有发生革命性的变化。但是,这一误打误撞的文学行为,却也从某一方面鼓舞了中国的批评家——文学的历史是可以重新书写的。

1996年,谢冕、钱理群主编的《百年中国文学经典》,谢冕和我主编的《中国百年文学经典文库》出版。缘于这两套百年文学经典的出版,1997年集中爆发了关于经典的讨论,《文艺报》《作家报》《文学自由谈》《光明日报》《中华读书报》《大家》报刊上一百多篇文章参加了讨论。大家尤其对当代作家作品各执一词,不可能达成共识。但是,讨论的背后却隐含了一个重要的信息:即便是中国当代文学,由中国批评家自己指认经典的时代已经成为过去；不仅国际文学界难以认同，即便是国内同行也不能完全接受。

这种局面的出现，除了当代文学时间距离的切近和当代文学生产的特殊环境外，也与对世界不同文学观念的接受和影响大有关系。关于经典的争论，在1985年的西方已经开始：牛津大学和剑桥大学师生们发起了一场激烈的争论，争论的问题是："英语文学"教学大纲应包括什么内容。它的连锁反应便是对文学价值、评价标准、文学经典确立的讨论。激进的批评家发出了"重新解读伟大的传统"的吁请；而大学教授则认为传授和保护英国文学的经典是自己的职责。这一看似学院内部的争论，却被严肃传媒认为是半政治性半学术性的。类似的讨论西方其他批评家也同样在关注。比如当代美国极富影响力的文学理论家、批评家哈罗德·布鲁姆，著有《西方正典：伟大作家和不朽作品》，旨在寻找并论述西方文学的经典。布鲁姆选择并品评了26位作家，指出其伟大之处乃"是一种无法同化的原创性，或是一种我们完全认同而不再视为异端的原创性"，并且说"传统不仅是传承或善意的传递过程，它还是过去的天才与今日的雄心之间的冲突，其有利的结局就是文学的延续或经典的扩容"[1]。而卡尔维诺也认为，经典作品是一些产生某种特殊影响的书，它们要么自己以难忘的方式给我们的想象力打下印记，要么乔装成个人或集体的无意识隐藏在深层记忆中；经典作品是这样一些书，它们带着先前解释的气息走向我们，背后拖着它们经过文化或多种文化（或只是多种语言和风俗）时留下的足迹；一部经典作品是这样一个名称，它用于形容任何一本表现整个宇宙的书，一本与古代护身符不相上下的书。

由此可见，西方对文学经典也没有一个一成不变的理解。一般来说，学界讨论什么问题，就是对什么问题感到焦虑或遇到了麻烦。2008年，《南方都市报》上曾讨论过"伟大的小说意识"。这一问题的提出者是美籍华裔作家哈金。他认为中国要写出伟大的小说，必须要有"伟大的小说意识"，就像美国有一个普遍被认同的小说意识一样。他认为美国有这样的伟大的传统，而中国从来就没有这样的传统，从《红楼梦》到鲁迅，都被他否定了。他认为《红楼梦》只是那个时代的好作

---

[1] [美]哈罗德·布鲁姆：《西方正典：伟大作家和不朽作品》，江宁康译，译林出版社2011年版。

品，而鲁迅只写了7年小说，7年时间连小说技巧都不可能掌握，怎么会写出文学经典？哈金是著名小说家，曾经获过美国重要的文学奖项，但他这样评价中国的经典作家作品，我们只能对他的勇气表示惊讶。因此，也不是所有来自西方的文学观念都没有问题、都可以接受。这也正如德国汉学家顾彬对中国当代文学只是"二锅头"的轻慢和蔑视一样。

但是，文学评奖，尤其是国际文学大奖，是文学经典化重要的形式之一，这是没有问题的。因为国际社会的认同是有说服力的形式之一。在中国这一形式的权威性要更为突出。比如电影界的张艺谋、陈凯歌、姜文、贾樟柯等，他们获得的国际电影奖项几乎改变了他们的命运。文学界的情况也大致如此。比如余华、李洱、阎连科、姜戎等，因获国际文学奖而极大地提高了知名度，并在读者那里获得了更高的可信度，这也是不争的事实。莫言当然也是这样。对莫言的阐释和评价不仅来自中国的作家、批评家，同时也来自国际文学界。而国际文学界对莫言的评价甚至会深刻地影响到国内批评界的态度和看法。比如，莫言的有些作品因某种批评和阐释曾使他一度陷于危机之中，他曾被质疑："莫言在小说中的政治倾向已很鲜明，他的投枪、匕首既然已掷出，我们怎能沉默？而且他的描述已对一些不了解革命历史的年轻人产生了极坏的影响！"[1]但是，这只是评价莫言的一种观点，不仅国内批评界有更多不同的看法，同时，国际文学界对莫言的阐释也多有不同。比如德国汉学家郝穆天把《丰乳肥臀》和圣母玛利亚的哺乳联系起来，他用大量的图片展示圣母玛利亚哺乳的场景，通过西方文化来阐释东方文化，在互证中得出的结论是："我这次故意用我欧洲宗教背景讲到《丰乳肥臀》的一个解释，这个巨作无疑的是世界文学。"[2]类似的评价还有很多。而莫言获"诺奖"之后，不仅否定性批评的声音越来越少，而且，莫言因获奖而急剧增大的"体积"和抗击打能力，也使那些极端化的批评声音变得似是而非、无足轻重。

透过这些貌似的"东方奇观"，西方读者在莫言作品中看到的是另外一些东西，也是更重要的东西。这些东西就是莫言在"诺奖"获奖演讲中提到的，比如感恩、悲悯、同情、孤独、自信、坚持、学习等与人生、与人的内心事物相关的基本

---

[1] 彭荆风：《莫言的枪投向哪里？——评〈丰乳肥臀〉》，《红旗文稿》1996年第12期。
[2] ［德］郝穆天：《关于莫言和茂腔的相关研究》，载《讲述中国与世界对话：莫言与中国当代文学国际学术研讨会论文集》，2014年。

价值和观念。比如他讲过跟着母亲去集体的地里捡麦穗并被没收的故事，还有母亲将自己的饺子给了要饭人的故事，这种宽容、悲悯和同情，显然与西方的"宗教情怀"有关，同时也是普遍的人性。因此，这显然不只是"中国经验"，它蕴含的恰恰是人类的普遍价值。这样的价值观对文学来说才事关重大。因此，在为莫言写的颁奖词中，我们还是能够看到其中的差异。"茅盾文学奖"给莫言的颁奖词是这样的：

> 《蛙》：在二十多年的写作生涯中，莫言保持着旺盛的创造激情。他的《蛙》以一个乡村医生别无选择的命运，折射着我们民族伟大生存斗争中经历的困难和考验。小说以多端的视角呈现历史和现实的复杂苍茫，表达了对生命伦理的深切思考。书信、叙述和戏剧多文本的结构方式建构了宽阔的对话空间，从容自由、机智幽默，在平实中尽显生命的创痛和坚韧、心灵的隐忍和闪光，体现了作者强大的叙事能力和执着的创新精神。[1]

---

[1] http://book.sina.com.cn/news/c/2011-09-19/1503291094.shtml.

这里更多强调莫言讲述故事的方法以及修辞方面的技巧及风格。"诺奖"的颁奖词是:

> 莫言是一个诗人,一个能撕下那些典型人物宣传广告而把一个单独生命体从无名的人群中提升起来的诗人。他能用讥笑和嘲讽来抨击历史及其弄虚作假,也鞭笞社会的不幸和政治的虚伪。他用嬉笑怒骂的笔调,不加掩饰地讲说声色犬马,揭示人类本质中最黑暗的种种侧面,好像有意无意,找到的图像却有强烈的象征力量。[1]

这里强调的是莫言小说思想的深刻性以及作品的社会价值和功能。这一视角表达了西方人阅读莫言与我们的区别。因此,在国际化的语境中,不同的视角发现了评价莫言更多的可能性。或者说,西方的声音或尺度,已经进入了莫言经典化的过程中。这种情况当然不止莫言一个人。另一个例子是李洱的小说《石榴树上结樱桃》。这当然是一部非常重要的小说,它曾荣获2007年"华语图书传媒大奖",即便如此,小说在图书市场或

---

[1] http://book.douban.com/review/5993520/.

大众传媒那里并没有成为追捧对象。但是，当德国时任总理默克尔将这部小说的德译本送给我国时任总理温家宝后，出版商在腰封中标示出"德国总理默克尔送给中国总理温家宝的书"，媒体和读者对这部小说燃起的热情达到了一个高潮。类似的情况还有《狼图腾》的作者、获过亚洲"曼氏亚洲文学大奖"的姜戎，《受活》《四书》《炸裂志》的作者、获过"卡夫卡奖"的阎连科等。

这些情况都在表明，中国当代文学的经典化已经无可避免地进入了国际化语境。从某种意义上说，我们仍然属于文学弱势国家，西方强势文学国家的评价尺度和发出的声音，对我们仍然具有较大的影响力，它甚至比我们自己批评家的声音更容易找到知音或信任感[1]。

但是，任何事物都具有两面性，国际化语境背后隐含了一个悖谬的现实：一方面，我们的文学希望被世界承认，或者说被世界强势文学国家承认，因为真正的文学经典必须是世界性

---

1 一个典型的例子是，当葛浩文、杜特莱、叶果夫等重要的汉学家都称赞《酒国》是莫言最好的小说或"小说中的小说"之后，国内一些批评家也大多认同了这个看法。有的批评家此前并不这么看，西方汉学家的看法显然极大地影响了他们的看法。

的;另一方面,经典的标准究竟由谁制定?如果这个质问成立的话,那么,就文学的范畴而言,面对强大的西方文学,我们仍然不能摆脱"跟着说""接着说"而难以"对着说"的命运。如果是这样的话,我们要想成为一个强大的文学国家,成为一个对世界文学能够产生巨大影响力的国家,道路确实还很漫长。

三、中国在世界文学格局中的新形象

毋庸置疑,中国文学形象的改变并不始于莫言,有研究者发现,从20世纪80年代起,中国文学一直在西方汉学家的视野中[1]。也正是这一过程的积累,使莫言在2012年大获成功。尽管在葛浩文看来,"诺奖"的价值和意义在中国被放大了:"这么多人对这个奖如此痴迷地关注令我感到不安。对于中国和韩国等国家的人来说,是否获得此奖已经关乎整个民族获得承认或者遭受轻视的地步。其实,这只是一个关于某位作家

---

[1] 参见毕文君《小说评价范本中的知识结构——以中国八十年代小说的域外解读为例》,《当代作家评论》2015年第1期。

(或诗人)作品的奖项。"[1]但是,不仅中国人不这么看,事实上整个国家社会也不这么看。比如,莫言获奖之后,我们在不同的新闻中看到了这样的景象:

> 10月12日上午,北京最大的书店之一西单图书大厦里,写着获诺贝尔文学奖的作家莫言作品专架的图书已销售一空,该专架在11日晚莫言获奖消息传来后刚刚摆上。[2]

自从中国作家莫言获得了2012年诺贝尔文学奖以后,全世界都掀起了一股莫言热。据俄罗斯媒体报道,今年年底将出版莫言的两部作品《酒国》和《丰乳肥臀》。而在瑞典,当地的媒体书店也都把视线对准了莫言,他的作品也成为人们追捧的焦点。由于获得了诺贝尔奖,莫言的名字开始在当地广泛传播。记者在采访中了解到,越来越多的读者开始知道莫言,并希望能够读到他的作品,瑞典的各家书店都在积极备货。瑞典最大的报纸之一《地铁报》当天不仅用大量的篇幅介绍了莫言及其

---

[1] 林振芬:《专访葛浩文:爱上萧红,爱上东北》,《生活报》2013年10月15日。
[2] 《把自己当罪人写,希望读者看到灵魂深处的东西》,《东南商报》2012年10月12日。

文学生涯，而且还报道了瑞典人对莫言作品的追捧。[1]

莫言引起了整个世界的关注，包括"傲慢"的俄罗斯。中国文学的形象在世界文学格局中发生了巨大变化。表面看来，新闻报道里的莫言已经是来自中国的文化英雄，他开始被世人瞩目。一个新的莫言在这样的境况中诞生，但是，这背后隐含了太多的文化密码。或者说，如果没有几十年同西方文学界的交流，没有文学基本观念的沟通和共识，这个结果是不能出现的。近些年来，"中国经验"的话题被一再提起，似乎"中国经验"是中国文学走向世界的神秘武器，是中国文学引以为傲的全部资本。其实，这一观念与"越是民族的就越是世界的"的观念一脉相承。事实是，"中国经验"必须为人类基本价值观念照亮才会焕发出"世界文学"的光彩。经验固然重要，但是如果经验不被思想或价值激活，也只是一堆毫无生机等待书写的材料而已。在这个意义上可以说，思想、观念是文学的魂灵，有了这个魂灵，文学才会飞翔。因此，莫言的成功与其说是中国本土经验的成功，毋宁说是莫言小说价值观的胜利。

莫言的创作得到了普遍认同，也得到了国际文学界的尊

---

[1] http://www.chinanews.com/tp/2012/10-12/4243619.shtml.

重。杜特莱曾将中国新时期作家阿城、韩少功、苏童、王蒙、莫言等人的大量作品译成法文，并多次获得重要翻译奖项。杜特莱教授称20世纪80年代开始接触莫言作品，后来翻译了《酒国》等作品。由于杜特莱等人的努力，莫言的作品有15部被翻译成法文，《丰乳肥臀》《檀香刑》《酒国》等都在法国产生了很大影响，他的《酒国》被法国媒体誉为"小说中的小说"。这些作品也让莫言在法国享有极大声誉，使他的作品成为法国人阅读中国作家作品之最[1]。意大利汉学家李莎在《接触莫言：一位翻译的珍贵训练》中说："可以说莫老师陪伴过我将近12年的翻译生涯，并无意识地塑造我的灵魂，给我的生活增加无数内容以及培养了我的耐力和我对工作的谦虚感。"她称莫言是她"最敬佩的老师"[2]。李莎对莫言由衷的膜拜，毫不夸大地说是一个重要的文化事件。80年代以降，中国作家的导师都是欧美作家，只有中国作家不断地向欧美作家致敬。但是，是莫言改变了这样的局面。

俄罗斯汉学家叶果夫说：2012年10月以前，除了一些研

---

1 http://culture.china.com/zx/11160018/20141027/18901168.html.
2 李莎：《接触莫言：一位翻译的珍贵训练》，载《讲述中国与世界对话：莫言与中国当代文学国际学术研讨会论文集》，2014年。

究当代中国文学的汉学家以外，谁也不认识这位著名的作家（莫言），他获得诺贝尔文学奖以后，俄罗斯人对他作品的兴趣陡然变大，他的第一部俄译长篇小说《酒国》就在这个时候面世了。莫言像一颗闪亮的星星冲进了俄罗斯文学苍穹。大量各种各样的反响几乎爆棚了。一位俄罗斯博主对莫言作品《酒国》做出了如下的评语："毫不夸张地说，这部小说是文学的一个新现象，没有类似的。也许这部小说是非常中国化的。事实上，俄罗斯读者不认识中国当代文学作品，没有可与之相比较的。《酒国》这部小说需要长期认真的阅读与深思熟虑的读者。"[1] 他还说：莫言的声望在俄罗斯越来越大。俄罗斯文学短评里《丰乳肥臀》位列前十，还入选"2013年五部最有趣味的作品"。《丰乳肥臀》从2013年年初以来一直是畅销书。总的来讲，在俄罗斯，全国各地都开始认识莫言[2]。美国汉学家葛浩文在一次接受采访时当被问到最喜爱莫言的哪部作品时说："这就像是要我在自己的孩子中选一个最喜爱的一样难。《酒国》可能是我读过的中国小说中在创作手法方面最有想象力、

---

[1] http://www.chinawriter.com.cn/2014/2014-08-26/215873.html.
[2] http://www.chinawriter.com.cn/2014/2014-08-26/215873.html.

最为丰富复杂的作品;《生死疲劳》堪称才华横溢的长篇寓言;《檀香刑》正如作者所希望的,极富音乐之美。我可以如数家珍,不过你已经明白我的意思了。"[1]

这些毫不掩饰的赞誉,都发生在莫言获奖之后。因此说,莫言获"诺奖"确实是中国文学标志性的历史事件:中国文学的形象从此得以改变。过去向西方致敬的悲怆的挫败感终于成为历史,在文学领域,我们终于可以和西方强势国家平等地交流对话——这就是中国文学新的历史。

(原刊《文艺研究》2015年第4期)

---

[1] http://www.360doc.com/content/12/1014/18/5032677_241444337.shtml.

乡土文学传统的当代变迁
——"农村题材"转向"新乡土文学"之后

现代白话小说诞生之后,如果在题材范畴内谈论的话,最成功或者成就最大的,应该是乡土文学或后来被称作"农村题材"的文学。但是在现、当代文学的历史叙述中,乡土文学是如何转向"农村题材"的,"农村题材"怎样或为什么又重新转向了"新乡土文学",并没有得到说明。这相互关联的三个概念虽然有同源关系,但它们的内涵是非常不同的。"乡土文学"是指反映中国乡村社会面貌或社会性质的文学;"农村题材"是表达意识形态诉求的文学;"新乡土文学"是对"农村题材"的颠覆和对"乡土文学"的接续。这三种文学无论在观念上还是在具体的创作方法上,都存在着极大的差别。对现代文学中乡土文学的看法虽然并不一致[1],但以鲁迅为代表的众多作家作品的存在是文学史实。受鲁迅影响的那些青年作家,写的也是"几乎无事的悲剧"[2],也与"阿Q"有血缘关系,也有"哀其不幸""怒其不争"的意识[3],既有田园牧歌的描述,也有对国民性的揭示、剖析和改造的诉求。

1942年毛泽东发表了《在延安文艺座谈会上的讲话》之后,延安的文学家们经历了一次走向民间的思想文化洗礼。这场运动之后,"五四"以来形成的知识分子话语方式实现了向民间话语的"转译"过程。随着马可等的歌剧《白毛女》、李季的长诗《王贵与李香香》以及新秧歌剧《兄妹开荒》《夫妻识字》等陆续面世,特别是赵树理的《小二黑结婚》、孙犁的

---

[1] 比如塞先艾在《文艺报》1984年第1期上发表过一篇文章,认为20世纪20年代并没有乡土小说流派(参见严家炎《中国现代小说流派史》,人民文学出版社1995年版,第47页)。
[2] 鲁迅:《几乎无事的悲剧》,载《鲁迅全集》第6卷,人民文学出版社1981年版,第370页。
[3] 鲁迅:《摩罗诗力说》,载《鲁迅全集》第1卷,人民文学出版社1981年版,第80页。

《荷花淀》的发表，一种崭新的中国农民形象出现了：他们是英姿勃发、活泼朗健的二黑哥和水生嫂，他们告别了阿Q、祥林嫂、华老栓的时代，当然也告别了愚昧、麻木、混沌未开的性格，而成为有鲜明阶级意识和深明大义的新型农民。丁玲的《太阳照在桑干河上》和周立波的《暴风骤雨》，奠定了"农村题材"创作的基本模型：总体性的目标、史诗的追求、两个阶级的对立、农民英雄的塑造，等等。1949年之后相继出版的《创业史》《山乡巨变》《三里湾》《风雷》《艳阳天》《金光大道》等，就是这样的作品。

1978年以后，执政党和广大农民发现，在那条朝向"总体性目标"的道路上并没有找到他们希望找到的东西，中国广大农村不仅依然破败，农民依然穷困，而且在精神领域同样没有发生革命性的变化。20世纪70、80年代之交，我们在周克芹的《许茂和他的女儿们》、古华的《爬满青藤的木屋》等作品中看到的情景是：贫困无助的老许茂依然是华老栓或祥林嫂式的愁肠百结；盘青青依然生活在精神的不毛之地，作为知识分子的李幸福，面对盘青青的不幸同当年的萧涧秋一样束手无策，王木通的愚昧、无知和自以为是，比阿Q们有过之无不及。正是从这个年代起，"农村题材"所遵循的创作观念和方法逐渐淡出,"新乡土文学"开始与当代中国乡村生活缓慢地建立起了联系,同时也接续了现代乡土文学的传统。

一、权力欲望与深层文化结构

民粹主义在中国的流行,一方面创造了文学史上从未有过的中国农民形象,这些崭新的形象为中国共产党建立一个独立的现代民族国家、实现全民族动员起到了重要的作用;另一方面,深受民粹主义思想影响下的文学创作,也改写了"五四""改造国民性"文学发展的方向。二黑哥等人物最终发展到了高大泉和样板戏,使这条文学道路走向了终点。如前所述,80年代"农村题材"向新乡土文学转向之后,民粹主义思想潮流也随之退场。

王跃文的中篇小说《也算爱情》[1]中的女工作队长吴丹心,是一个有重要研究价值的文学形象。在欲望受到普遍压抑的时代,吴丹心以她的权力获得了性的满足,在人的本能欲望不具有合法性的时代,吴丹心释放欲望的要求可以不做道德化的批

---

1 参见王跃文《漫天芦花》,长江文艺出版社2006年版。

判。但值得注意的是,当她怀疑自己的性伙伴李解放同一农村姑娘有关系时,她妒火中烧。小说中有这样一段话:

"今后反正不准你同那女的在一起。看她长得狐眉狐眼的。"

"我不会和她怎么样的。我不可能找一个农民做老婆呀!"李解放说。

吴丹心说:"你对农民怎么这么没有感情?"

李解放莫名其妙,说:"我弄不懂你的意思了。你是要我同她有感情,还是不同她有感情?"

吴丹心说:"两码事,同她是一码事,同农民是一码事。"

这段对话不仅揭示了吴丹心作为有一定权力的女人的占有欲,同时也从一个侧面解释了作为工作队长的吴丹心对具体农民的理解。在吴丹心看来,农村女青年腊梅只是个"性"的争夺者,她只是一个具体的与"性"有关的女人;而"农民"这个词只是个具有政治意义的抽象符号。吴丹心要抽象地占有"农民",但具体地又否定了它:"农民"这个符号是可以没有具体所指的。是权力改写了吴丹心对"农民"的理解和看法。

毕飞宇的名篇《玉米》中的大队书记王连方,在大王庄能够为所欲为地对待女性,与这些女人对权力的恐惧有关系,但这只是问题的一个方面。另一个重要的方面是大王庄普遍的道德观念。王连方自然不受道德观念的制约,这与大王庄民间社会的道德水准和麻木不仁是密切相关的。自尊自爱的普遍缺失是这个民间社会的集体无意识。小学教师高素琴是玉米在大王庄最"佩服"的一个人,她能够解四则混合运算,能说普通话。但她接到玉米让她收转的彭国梁信的时候,她几近是在捉弄玉米:"'玉米,你怎么这么沉得住气?'玉米一听这话心都快跳出嗓子眼了。玉米故意装着没有听懂,咽了一口说:'沉什么气?'高老师微笑着从水里提起衣裳,直起身子,甩了甩手,把大拇指和食指伸进口袋里,捏住一样东西,慢慢拽出来。是一封信。玉米的脸吓得脱去了颜色。高老师说:'我们家小三子不懂事,都拆开了——我可是一个字都没敢看。'"她不仅慢慢地观察玉米,享受拥有信件的快感,而且她已经事先看了彭国梁的信。虽然是一个小学教师,一个文化的传播者,但她的阴暗心理和窥视欲望与后来的其他村民没有区别。

玉米对尊严的维护，一开始就危机四伏：当她为了维护母亲的尊严——当然母亲已无尊严可言，她甚至还和那些同丈夫上床的女人有说有笑。这也是母亲耻辱下场的条件之一。玉米抱着小八子站在一些人家门口示威和警告的时候，那些人家的女人不敢发作，一是理屈，一是惧怕王连方的权力。一旦王连方失去权力，玉米的处境就可以想象。这时，玉米虽然仍在顽强抵抗，但已逐渐转为"以守为攻"了。她让母亲坚持嗑瓜子，不能因父亲缘故而显出颓势；因妹妹的事情，她要送鸡蛋甚至将猪赶进学校，表面是挽回事态，实际也是一种示威；给彭国梁回信时，玉米面对信笺的话是："国梁，你要提干。"觉得太露骨才婉转地说："好好听首长的话，要求进步。"当一切都尘埃落定之后，玉米终于退到了她曾反抗的起点——对权力的屈从。

民间社会长久浸泡在权力的威慑之中，他们对权力恐惧的同时也膨胀了对权力的渴望和占有欲，这是自危意识另一种极端化的表达。于是，无论任何人，一旦拥有了权力就会从相反的方向去使用它。毕飞宇曾说"描绘人物就是与人相处"[1]。这

---

[1] 参见毕飞宇《写作就是与人相处》，《半岛都市报》2004年9月20日。

话是对的，任何人都不是抽象的人，都是具体的人，这个具体的人是在各种社会关系中被"塑造"出来的。这就是福柯所说的"规训"的力量。玉米试图用行动来反抗大王庄的民间社会并维护自己的尊严，最终还是失败了。她的反抗一开始就是依托于权力展开的，没有父亲的书记地位，就没有人会把玉米当回事。当这个依托塌陷之后玉米自身难保，尊严在那个时代是件多么奢侈的事情！因此玉米的终点必然是起点，这也是她自己身上的"鬼"。

权力在乡村中国至今仍是最高价值，人们先是敬畏、惧怕，然后是攫取。获第七届茅盾文学奖的周大新的《湖光山色》，讲述的是改革大潮中发生在一个被称为"楚王庄"里的故事。主人公暖暖是一个"公主"式的乡村姑娘，她几乎是楚王庄所有男性青年的共同梦想。村主任詹石蹬的弟弟詹石梯甚至自认为暖暖非他莫属。但暖暖却以决绝的方式嫁给了贫穷的青年旷开田，并因此与横行乡里的村主任詹石蹬结下仇怨。从此，这个见过世面性格倔强心气甚高的女性，开始了她漫长艰辛的人生道路。但这不是一部兴致盎然虚构当代乡村爱恨情仇的小说，不是一个偏远乡村走向温饱的致富史，也不是简单的扬善惩恶因果报应的通俗故事；在这个结构严密充满悲情和暖意的小说中，周大新以他对中国乡村生活的独特理解，既书写了乡村表层生活的巨大变迁，同时也发现了乡村中国深层结构的坚固和蜕变的艰难。因此，这是一个平民作家对中原乡村如归故里般的一次亲近和拥抱，是一个理想主义者对乡村变革发自内心的渴望和期待，是一个有识见的作家洞穿历史后对今天诗意的祈祷和愿望。

主人公暖暖无疑是一个理想化的人物，也是我们在理想主义作家作品中经常看到的大地圣母般的人物：她美丽善良、多情重义，朴素而智慧、自尊并心存高远。楚王庄的文化传统养育了这个正面而理想的女性。暖暖给人印象最为深刻的，不是她决然地嫁给旷开田，不是她靠商业的敏感为家庭带来最初的物质积累，不是她像秋菊一样坚忍地为开田上告打官司，也不是她像当年毅然嫁给开田一样又毅然和开田离婚，而是她为了解救开田委曲求全被村主任詹石磴侮辱之后，虽然心怀仇恨，但当詹石磴不久于人世之际，仍能以德报怨，以仁爱之心替代往日冤仇，甚至为詹石磴送去了医治的费用。这一笔确实使暖暖深明大义的形象如圣母般地光焰万丈。如果仅仅是这样，那么，周大新还只是停留在民粹主义的立场上。

《湖光山色》对人性复杂性、可能性的表达是对詹石磴和旷开田的塑造。詹石蹬在任村主任期间，是一个典型的横行乡里的恶霸。在楚王庄"他想办的事没有办不成的"，他"想睡的女人，没有睡不成的"。他城府极深，几乎把权力用到了无以复加的地步。他对暖暖的迫害让人看到了人性全部的恶。他不仅在因农药事件拘留旷开田、查封楚地居等行为中体验到了权力带给他的快感，而且还利用权力两次占有了暖暖的身体。在楚王庄他有恃无恐，他唯一惧怕的就是失去权力。只有在"民选"的时候，他才会向"选民"们表示一下"谦恭"。詹石蹬的作为使暖暖们也意识到，楚王庄要过上好日子，自己要过上安稳生活，必须把詹石蹬选下去。暖暖拉选票的方式在一个民主社会也未必是合法的，但在乡村，中国暖暖的做法却有合理性。詹石蹬被村民选下去之后，再也没有气焰可言。但他为报复暖暖，还是将他与暖暖发生关系的事情以歪曲的方式告诉了后来楚王庄的"王"——旷开田。这是暖暖婚姻破裂的开始，詹石蹬内心深处的阴暗由此可见。但是，当他身患绝症不久于人世的时候，暖暖不计恩怨情仇，不仅看望了詹石蹬而且送去了用作治疗的费用。詹石蹬尽管已经丧失了语言能力，但还是让人抬着他去看望了伤后的暖暖，并带去了一包红枣。这个细节如果以恩怨情仇的方式来看，可能不那么动人，但对于詹石蹬来说却在末日来临的时候发生了人性的转变。作家通过詹石蹬不仅揭示了人性的复杂性和恶的一面,而且他坚信人性终有善的一面。当然,詹石蹬变化的更重要意义,是对暖暖善和爱的衬托。

作为一部书写乡村中国的小说,作家所追寻、探讨的历史和现实深度,更体现在旷开田这个人物上,这是一个乡村中国典型的青年农民形象。他曾是一个普通的、小农经济时代目光短浅、胸无大志的农民,也是一个遇事无主张、很容易满足的农民。就在他不名一文的时候,暖暖以超出楚王庄所有人想象的方式嫁给了他。他是在暖暖的温暖、启发甚至是教导下成长起来的。暖暖不仅是他的妻子、恩人,同时也是他成长的导师。当他是楚王庄普通农民的时候,他对暖暖几乎没有任何疑义言听计从,并且发自内心地爱着暖暖。他不是那种阴险、狡诈的坏人。但是,当暖暖联合村民将他选上村主任之后,他逐渐发生了变化。他曾和暖暖玩笑地说:"将来我就是楚王庄的'王'。"这不经意的玩笑却被后来的历史证实。他不仅专横跋扈为所欲为,不仅与各种女人发生性关系,同时也不再把暖暖放在心上。对经营方式的分歧,对暖暖与詹石蹬发生关系的怨恨等,终于导致了两人婚姻的破裂。

有趣的是，楚王庄两千三百多年前曾是楚国的领地，为了抵御秦国的入侵，楚国臣民修筑了楚长城，但当年的楚文王熊赀却是一个飞扬跋扈骄奢淫逸的君主。两千多年之后，暖暖在楚王庄用湖光山色引进资金创建了"赏心苑"，为了吸引游客，又命名了"离别棚"并上演以楚国为题材的大型节目"离别"，演出人员达八十人之多，可见规模和气势。当初让刚被选上村主任的旷开田饰演楚文王熊赀，旷开田还推辞，但演出几次之后，旷开田不仅乐此不疲而且无比受用。这时的旷开田已经下意识地将自己作为楚王庄的"王"了。他不仅溢于言表而且在行为方式上也情不自禁地有了"王"者之气。他对企业的管理、对妻子的情感、对民众的态度以及对情欲的放纵等，都不加掩饰并愈演愈烈，最终也到了飞扬跋扈横行乡里的地步，与詹石蹬没有什么区别。从楚文王熊赀到詹石蹬和旷开田，中国乡村的统治意识几乎没有发生本质性的变化。詹石蹬和旷开田虽然是民众选举出来的村主任，但在缺乏民主和法制的乡村社会，民选也只能流于一种形式而难以实现真正的民主。在这样的环境里面，无论是谁，都会被塑造成詹石蹬或旷开田这样的"王者"。

二、"暴力美学"与"暴力性格"

暴力美学不仅仅是"阶级斗争"的产物,它更是民族审美趣味的深层记忆。以"仇恨—暴力"来结构的叙事动力学,古已有之。在明清小说中,特别是《三国演义》《金瓶梅》《水浒传》《西游记》等作品中,暴力场景是随处可见的。"农村题材"小说推动情节发展的主要动力,就是暴力美学。如果没有"革命的暴力"消灭"反革命的暴力",小说的内在驱动力问题是不能解决的。暴力趣味是民族性格深层结构的一部分,因此也是国民性的一部分。值得注意的是,当"农村题材"转向"新乡土文学"之后,作家在生活中仍然无意识地发现了暴力性格的延续。

摩罗发表过一部名为《六道悲伤》[1]的长篇小说。这是一部充满了苦难意识的小说,是一部充满了血腥暴力而又仇恨和反对血腥暴力的小说,是不用启蒙话语书写的具有启蒙意义的小说,是具有强烈的悲剧意识而又无力救赎的悲悯文字,是一个非宗教信仰者书写的具有宗教情怀的小说,因此,也是一个知

---

[1] 摩罗:《六道悲伤》,《十月》(长篇小说版)2004年10月寒露卷。

识者有着切肤之痛吁求反省乃至忏悔的小说。对摩罗而言，这是一次对自己的超越；对我们而言，则是一次魂灵震撼后的惊呆或木然。阅读这样的文字，犹如利刃划过皮肉。

如果从命名看，它很像一部宗教小说，佛陀曾有"六道悲伤"说，但走进小说，我们发现它却是一个具有人间情怀的作家借佛陀之语表达的"伤六道之悲"。小说里有各色人等，"逃亡"的知识者、轿夫出身的村书记、普通的乡村女性、"变节"的书生以及芸芸众生和各种屠杀者。作品以知识分子张钟鸣逃亡故里为主线，以平行的叙述视角描述了在特殊年代张家湾的人与事。张钟鸣是小说的主角。这个出身于乡村的知识分子重回故里并非衣锦还乡，自身难保的他也不是开启民众的启蒙角色。在北京运动不断并即将牵连他的时候，他选择了张家湾，希望能够在此渡过难关。但是，张家湾并不是他想象的世外桃源或可以避风的平静的港湾。风起云涌的运动已经席卷全国，张家湾当然不能幸免。于是张钟鸣便目睹亲历了那一切。

有趣的是，张钟鸣是小说的主角，却不是张家湾的主角。张家湾的主角是轿夫出身的书记章世松。轿夫在当地的风俗中是社会地位最为卑贱的角色，是革命为他带来了新的命运和身份，在张家湾他是最为显赫的人物，是君临一切的暴君和主宰者。但是，当他丧妻之后，他试图娶一个有拖累的寡妇而不成的时候，他内心的卑微被重新唤起，民间传统和习俗并没有因为革命而成为过去。于是，他的卑微幻化为更深重的仇恨和残暴。当然，小说的诉求并不只是描写章世松这一符号化的人物，而是深入地揭示产生章世松的文化土壤。在小说中，给我们留下印象最深的是红土地的血腥和屠杀。开篇传说中的故事似乎是一个隐喻，鲜血浸透了张家湾的每一寸土地，任何一寸土地都可以挖出一个血坑。遭涂炭的包括人在内的生灵，似乎阴魂不散，积淤于大地。而现实生活中，屠杀并没有终止。我们看到，小说中宰杀牛、猪、狗、蛤蟆及打虎等场景比比皆是。张孔秀是个"职业杀手"，他杀猪是一种职业，他只对屠杀有快意和满足，除此之外，他对这个世界没有别的热情和兴趣。这反映了一种文化心理。而其他杀手杀狗、杀牛、杀蛤蟆的场景有过之而无不及，他们剥皮、破膛，乐此不疲。小说逼真的场面描写，让人不寒而栗。这些场景成为张家湾的一种文化，它深深地浸透了这片土地，也哺育了章世松残酷暴戾的文化性格。作者的这种铺排，一方面揭示了章世松文化性格的基础，一方面也揭示了这种文化性格即冷硬与荒寒普遍存在的可怕。因此，摩罗表面上描写了暴力和血腥的场景，但他非欣赏的叙述视角又表明了他的反暴力和血腥的立场，他对被屠杀对象的同情以及人格化的理解，则以非宗教的方式表达了他的悲悯和无奈。

暴力倾向和暴力的意识形态化，是现当代文学创作的一个重要特征。由于20世纪独特的历史处境和激进主义思想潮流的影响，暴力在主流文学中也得到了不同程度的宣谕。一个人只要被命名为"敌人"，对其诉诸任何暴力甚至肉体消灭都是合理的。这种暴力倾向也培育了对暴力的欣赏趣味。章世松不是一个个别的现象，但摩罗通过这个人物令人恐惧地揭示出了民族性格的另一方面。表面上看，章世松是一个乡村霸主，他对政治一无所知。但通过他和几个女性的关系，我们可以发现，统治就是支配和占有。章世松统治了张家湾，但由于他卑微的出身和生理缺陷，他难以支配占有两个女人：一个是有拖累的寡妇，一个是丧夫的许红兰。他以为自己是村书记，完全可以实现对异性的掌控。但他失败了。这个挫折构成了章世松挥之不去的内在焦虑。他对现实的掌控事实上只是意识形态的而不是本质性的。但是，他的焦虑却在意识形态层面更加变本加厉。

2008年是知青下乡四十周年，也是自《伤痕》发表以来

"新时期"知青文学的三十周年。应该说,知青文学是三十年来最重要的文学现象之一。其间虽多有变化,但到王小波的《黄金时代》之后似在逐渐消歇。知青生活是重要的文学资源,它不可能被穷尽,但究竟如何理解或表达那段生活,似乎遇到了一个难以逾越的门槛,要翻越它不是一件容易的事情。这时我们读到了王松自2005年以来发表的一系列知青题材的小说,特别是中篇小说。

王松的这些小说,超越了知青文学经历的几个潮流:倾诉苦难、附会悲壮、民众崇拜、政治批判等。在王松的小说中,"文革"或知青下乡只是小说的整体背景,他主要描述的是知青在乡下的生活状态和心理状态,是一种具有"原生态"意味的知青生活。当知青在乡下度过了短暂的、虚幻的理想主义阶段之后,精神与生存的双重贫困,使知青迅速放弃了脆弱的理想主义,精神上陷入了极度危机之中,与贫下中农的师生关系也迅速变成对峙关系。民粹主义的想象在现实中坍塌,乡民的质朴、友善、诚恳也伴随着狡诈、自私以及几乎失控的欲望"压迫"。因此,与乡民在心智上的"较量",就不只是年轻人的恶作剧,同时也潜隐着一种恶意的报复或无意识的叛逆成分。《双驴记》是人与驴的斗争,黑六和黑七两头驴因为"出身"于地主家庭，与当时的"黑五类"排在一个序列，虽然是驴，却遭到知青马杰残酷的虐待。马杰有一副好鞭技，他专门抽打驴最脆弱的隐秘处，结果黑六丧失了生育能力，一个气宇轩昂的种驴生生被马杰阉割了。当黑六的头颅被马杰割下的时候，恰被黑七看到了整个过程。于是黑七便不断地报复马杰，马杰虽然也不择手段地整治黑七，最后却险些与黑七在烈火中同归于尽。在《双驴记》中，人与牲畜都在施加暴力。《葵花引》中的小椿，用蜂蜜涂抹在母牛的鼻子上，母牛为躲避蜜蜂走进池塘，当只剩鼻孔在水面呼吸时，小椿用精准的弹弓打在牛鼻子上，致使母牛溺水而亡。知青们对待牲畜的残酷态度，在《哭麦》中得到了诠释。黄毛被知青们藏起来之后，恶作剧地将一张狼皮粘在了羊的身上，然后给它吃田鼠。这个披着狼皮的羊懵懵懂懂改变了习性，温顺为攻击所替代，食草改为食肉。村民骚动人人自危。知青人性的改变过程，与羊的性情变化就构成了一种隐喻关系。因此，王松的知青小说在本质上还是关于"国民性"的寓言。

知青生活的记忆至今没有消失。在《我们的故事》里，女知青伊冰蓉下乡就遭遇了队长的纠缠，队长不能得逞便带人"捉奸"，不堪羞辱的伊冰蓉像母亲为阻挡她下乡喝了敌敌畏一样，也喝下了同样的液体命亡乡下。在《葵花引》中，大队何书记与治保主任魏土改一致怀疑是知青大椿强奸了母牛，致使母牛下体流血不止，然后组织村民大会批判大椿导致大椿自杀身亡。这些惨痛的经历并没有随着时间的流逝被知青淡忘，曾经下乡如今已经成为外国公司董事长的路秋矢，这个当年的小椿，人到中年仍然有"弹弓情结"，他重返下过乡的地方就是为了寻仇，他肆无忌惮地射杀家禽，恶意地报复仇家的女儿。因此，对暴力的热衷，不仅是普通人的心理性格，即便是受过教育的"知识青年"，因宣泄仇怨也可以诉诸暴力。

三、冷漠、孤独和无助的延续

当年萧红在《生死场》中曾写到生病卧床的月英向村人控诉，她的丈夫舍不得她用一床棉絮垫背，于是搬了一堆砖头放在她的床上，无论她如何痛苦，男人置若罔闻，"宛如一个人和一个鬼安放在一起，彼此不相关联"。巴金《寒夜》中女主人公曾树生从心里发出的声音是："夜，的确太冷了！"在现代文学叙述中，无论是知识分子还是普通百姓，人物内心的冷漠、孤独和无助，是一个普遍的现象，魏连殳死后挂在嘴角的那丝冷笑，孔乙己的孤独、祥林嫂的绝望等，这些内心的痛苦是人与人"彼此不相关联"的冷漠造成的。冷漠成了国民性的一部分。这部分国民性的被改写，是革命文学出现之后，也就是想象的二黑哥、大春哥、"当红军的哥哥"等出现之后。但是，疾风暴雨式的革命文学过去之后，当作家重新放眼乡村中国的时候，我们发现，冷漠、孤独和无助的痛苦并没有消失。

刘震云从《我叫刘跃进》开始，试图寻找小说讲述的新路径，这个路径不是西方的，当然也不完全是传统的，它应该是本土的和现代的。他从传统小说那里找到了叙事的"外壳"，在市井百姓、引车卖浆者之流那里，在寻常人家的日常生活中，找到了小说叙事的另一个源泉。多年来，当代小说创作一直在向西方小说学习，从现代派文学开始，加缪、卡夫卡、马尔克斯、罗伯－格里耶、博尔赫斯、卡尔维诺等，是中国当代作家的导师或楷模。这种学习当然很重要，特别是在过去的时代，中国文学一直在试图证明自己，这种证明是在缩小与发达国家文学差距的努力中实现的。许多年过去之后，这种努力确实开拓了中国作家的视野，深化了作家对文学的理解，特别是在文学观念和表现技法方面，我们拥有了空前的文学知识资本，但是，就在我们将要兑现期待的时候，另一种焦虑，或者称为"文化身份"的焦虑也不期而至扑面而来。于是,重返传统,重新在本土传统文学和文化中寻找资源的努力悄然展开。刘震云是其中最自觉的作家之一。《我叫刘跃进》的人物、场景和流淌在小说中的气息与它的"民间性"一目了然。无论是城乡交界处"鸭棚"里的流民,还是住在别墅里的成功人士,除了各种利益关系,他们几乎是没有关联的,那个意外拿到了U盘的刘跃进,被不同的人追查,只有不停地亡命天涯。

2009年出版的《一句顶一万句》,结构上仍然是一个"行走"路线,不同的是,刘跃进是被迫逃亡,杨百顺则是主动出走。出走的原因是老婆的背叛,是为了寻找一个能够"说得着"的人。小说的核心部分,是对现代人内心秘密的揭示,这个内心秘密,就是关于孤独、隐痛、不安、焦虑、无处诉说的秘密,就是人与人的"说话"意味着什么的秘密。亚里士多德发现,随着城邦制度的建立,在人类共同体的所有必要活动中,只有两种活动被看成政治性的,就是行动和言语,人们是在行动和言语中度过一生的。就像荷马笔下的阿基琉斯,是一个干了一番伟业、说了一些伟辞的人。在城邦之外的奴隶和野蛮人,并非被剥夺了说话能力,而是被剥夺了一种生活方式。因此,城邦公民最关心的就是相互交谈。现代之后,交谈意味着亲近、认同、承认的努力，在这个意义上，说话就成了生活的政治。在《一句顶一万句》中，说话是小说的核心内容。这个我们每天实践、亲历和不断延续的最平常的行为，被刘震云演绎成惊心动魄的将近百年的难解之谜。"百年"是一个时间概念，大多是国家民族或是家族叙事的历史依托，但在刘震云这里，只是一个关于人的内心秘密的历史延宕，只是一个关于人和人说话的体认。对"说话"如此历尽百年地坚韧追寻，在小说史上还没有第二人。无论是杨百顺出走延津寻女，还是牛爱国奔赴延津，都与"说话"有关。"说话"的意味在日常生活中是如此的不可穷尽：在老裴和老曾那里，"话"的意义是"过不过心"；在吴香香那里，养女巧玲与吴摩西是"说得着"，与自己是"说不着"；在巧玲也就是后来的曹青娥那里，与丈夫牛书道"两人说不到一块儿去"，白天做各自的事，晚上"说话"就是吵架；曹青娥欣赏的拖拉机手侯宝山会说话，不是话多嘴不停，而是不与你抢话，有话让你先说；曹青娥与儿子牛爱国"说得着"，但牛爱国只是听，却从不和母亲说"心里事"；牛爱国和庞丽娜虽是夫妻，但同床异梦，因此牛爱国再多的"好话"，庞丽娜一听"就恶心"；牛爱国不离婚，怕的是离开庞丽娜"连话和说也没有了"。夫妻之间的关系，除了生理需要、传宗接代之外，"说话"就是最重要的形式。但吴摩西和老婆吴香香没有话，老婆说话就是骂吴摩西。吴摩西发现老婆吴香香和自己的朋友老高私通，按照古典小说比如《水浒传》的模式，只能处理成一个仇怨关系，是"辱妻之恨"。武大发现妻子潘金莲与西门大官人私通之后，回到家里捉奸又力所不及，只能被诉诸暴力，被西门大官人一脚踢在心窝卧床不起，最后被毒药害死。但刘震云处理吴摩西的时候，不是纠缠在市井风月上不放，而是迅速回到了吴摩西的内心：他要离开这个伤心之地，但去哪里呢？吴摩西既没有可去的地方，也没有指引他的人，一个人内心的无助和孤独在这里被刘震云写到了极致：人的一生可以有许多朋友，但真正为难和需要帮助的时候，你会突然发现，可以投奔的人竟然了无踪影。这一发现不仅表达了刘震云洞察世事的锐利和深刻，同时也表达了他对人生悲凉或内心冷漠的认识。

小说的下半部"回延津记"的主角，是吴摩西养女曹青娥的儿子牛爱国。牛爱国在情感上的遭遇与吴摩西没有本质差别。他也是为找一个能"说上话"的人返回延津的。一出一进就是一个近百年的轮回，但牛爱国能够找到吗？我们不知道。我们知道的是，这些人物不知道存在主义，也不知道哈贝马斯的交往理论，但"话"的意味在这些人物中是不能穷尽的。小说中的普通人是中国最边缘或底层的群体，在葛兰西的意义上他们是"属下"，在斯皮瓦克的意义上他们是"贱民"，他们是"沉默的大多数"，是没有话语权力的阶层。他们在日常生活中的言说被排除在历史叙事之外，是刘震云发现了这个群体"说话"的历史和隐含其间的伦理、智慧、品性等，最根本的是，说话就是他们的日子，他们最终要寻找的还是那个能说上话的人。小说也正是因为有了这些韵味，也就是理论上的萨特、哈贝马斯、米德、查尔斯·泰勒等对人的"存在""交往""有意义的他者""承认的政治"的论述，普通人的"说话"才博大精深深不可测，也正是因为刘震云发现了这一切，这部讲述市井百姓的小说才超越了明清白话小说而具有了现代意义。

范小青的《赤脚医生万泉和》叙述的故事，从"文革"到改革开放历经几十年。万泉和生活在"文革"和改革开放两个不同的时期。这两个时期对中国的政治生活来说是两个时代。但时代的大变化、大动荡、大事件等，都退居到背景的地位。我们只是在乡村行政单位建制、万泉和的身份、批斗会现场和一些流行的政治术语中，知道小说发生在"文革"背景下。但进入故事后我们发现，后窑村的日常生活并没有发生根本性的变化，传统的风俗风情仍在延续并支配着后窑人的生活方式。那些鲜活生动的乡村人物也没有因为是"文革"期间就改变了性情和面目。我们在好逸恶劳的"新娘子"万里梅、风情万种轻佻风骚的刘立、简单泼辣又工于心计的柳二月、心有怨恨又无从宣泄的裘大粉子等乡村女性那里，真切地感受了乡村中国前现代周而复始的日常生活图景。进入改革开放时期，这些人物的性格或关系也没有改变。

赤脚医生万泉和就是在这样的文化环境中被哺育和滋养成长的。他天生木讷、敦厚、诚恳，但他的无奈、无辜、失败和悲剧，都给人一种彻骨的悲凉。《赤脚医生万泉和》是对乡土中国孕育的人性、人心以及为人处世方式的遥远想象与凭吊。那是原本的乡土中国社会，是前现代或欠发达时代中国乡村的风俗画。万泉和是一个普通的小人物，他是一个"医生"，他要医治的是生病的乡里。医生和被救治者本来是拯救和被拯救的关系，但在小说中，万泉和始终是力不从心勉为其难。他不断地受到打击、嘲讽、欺骗甚至陷害。而那些人，就是以前被称为"民众""大众""群众"的人。这样的民众，我们在批判国民性的小说中经常遇到。但在怀乡的小说或其他文体中还不曾遇到。乡土中国人心复杂性的变化是意味深长的。启蒙话语受挫之后，救治者优越的启蒙地位在万泉和这里不复存在。书中万泉和居住的平面图显示，万泉和的房子越来越小，生存空间越来越狭窄，直至倾家荡产。一个乡村"知识分子"就这样在精神和物质生活中濒于破产的边缘。他的两难甚至自身难保的处境都预示了乡土中国超稳定文化结构的存在，同时也表达了社会历史变迁给乡土中国带来的异质性因素。

"新乡土文学"对国民性的揭示与剖析，使我们有机会在文学中重新了解和认识国民性，以及改造国民性道路之漫长。但是，国民性也是被建构或结构起来的。如果说，上述作品对国民性的揭示使它们与现实建立了真实的关系即真实地反映了生活的话，那么，反过来也可以问：这对于文学来说是不是就够了？这些在现代启蒙主义文学中反复陈述的民族性格，是否还需要不断地重复？是否还需要继续强化民族性格记忆并无限夸张和延续？启蒙主义文学是我们重要的文学遗产，继承这份遗产无可置疑。但启蒙主义文学更需要发展和超越，当下文学更需要提供高于现实的高贵的诗意、真诚的大爱、诚恳的关怀、怦然心动的感动或会心一笑的理解。于是，当我肯定"新乡土文学"蜕去了"农村题材"的僵硬和功利的单一性要求之后，我对当下中国最有声色的文学仍怀有不满。勃兰兑斯在研究欧洲19世纪文学时说:"文学史,就其最深刻的意义来说,是一种心理学,研究人的灵魂,是灵魂的历史。一个国家的文学作品,不管是小说、戏剧还是历史作品,都是许多人物的描绘,表现了种种感情和思想。感情越是高尚,思想越是崇高、清晰、广阔,人物越是杰出而又富有代表性,这个书的历史价值就越大,它也就越清楚地向我们揭示出某一特定国家在某一特定时期人们内心的真实情况。"[1]这时我想到的是,三十年来我们对西方20世纪以来的文学思潮、现象以至方法的学习,受惠颇多,但对西方18、19世纪文学的学习还远远没有完成。这可能是我们今后应该面对和思考的问题。

(原刊《文艺研究》2009年第10期)

---

1 〔丹〕勃兰兑斯:《十九世纪文学主流》(第一分册·流亡文学),张道真译,人民文学出版社1980年版,第2页。